张远灯 著

仰望星空的行者

山西出版传媒集团　北岳文艺出版社

图书在版编目（CIP）数据

仰望星空的行者 / 张远灯著. -- 太原 : 北岳文艺出版社, 2025.4. -- ISBN 978-7-5378-6987-4

Ⅰ. I227

中国国家版本馆CIP数据核字第2024LH3554号

仰望星空的行者
YANGWANG XINGKONG DE XINGZHE

张远灯 / 著

出品人
董利斌

选题策划
刘卫红

责任编辑
刘晓京

装帧设计
罗佳丽

印装监制
郭　勇

出版发行：山西出版传媒集团·北岳文艺出版社
地址：山西省太原市并州南路57号　邮编：030012
电话：0351-5628696（发行部）　0351-5628688（总编室）
传真：0351-5628680
经销商：新华书店
印刷装订：廊坊市伍福印刷有限公司

成品尺寸：170mm×240mm
字数：295千
印张：18
版次：2025年4月第1版
印次：2025年4月河北第1次印刷
书号：ISBN 978-7-5378-6987-4
定价：86.00元

本书版权为本社独家所有，未经本社同意不得转载、摘编或复制

叶子的念想何尝不是诗人的念想

——读《仰望星空的行者·致张远灯》

张润所

  晓玲主编微信发来张远灯先生《仰望星空的行者》诗稿，让我写点东西。作者是哪一位、在哪里、做什么工作，半点信息都没透露。丈二和尚，我自然感到有些唐突。然而就凭晓玲主编和我多年交往，除了水平、名气不行，也没有别的理由好拒绝，索性先读诗。谁知读着读着就有了情绪，甚至是有了情谊。几千里之外，素无音讯，素无交往，何来如此熟悉的诗歌味道、如此相投的缘分情感？真是不可思议。素未谋面，见诗如晤，也许这就是最好的谋面吧。

  这是诗人多年辛辛苦苦创作的数千首诗词散曲，其中有新诗、律诗、词、曲共十一章，十余万字，对于诗集实属宏大，宏大而精彩。我用近一个月时间粗略读一遍，看到诗人（我们就自称诗歌爱好者也行）对诗的真正爱好、对诗的无比信任和习惯了对诗的依赖，日常生活的阴晴圆缺与悲欢离合，一并托付给诗。如此这般称作诗人其实才真正是名副其实。张远灯先生的新诗写得清新自然，绝大多数都押韵，有《诗经》的味道，不晦不涩言之有物。律诗、词、曲功夫同样老到。抑扬顿挫，平仄对仗，起承转合，直抒胸臆。我不想说诗的标准，我以为诗到目前还没有公认的标准。我也不敢向知名诗评家借鉴，我认为诗都不是专门写出来的，而是稀里糊涂写出来的。文字唯从自己内心，他人诗歌能在我内心引发的共鸣，我以为就是好诗。

  读一下《叶子的念想》，就能感到简单精明的美，率真随意的美和通顺舒畅的美。

  依附于强枝骨干／伸向蓝天／与白云为伴／风儿轻轻掠过／轻抚芬芳的薄面／假如树再茁壮成长／九霄之上／或可与星星点灯／与月亮共

枕 // 但愿！老树千年 / 不屈不挠永恒 / 绿叶常青 / 摇曳不朽的神话 / 仰望！/ 湛蓝的天 / 白云悠悠盘旋

一首看似轻描淡写的短诗，实则意蕴凝重深沉。看似轻思漫想，实则内涵纷繁。天大人小，谁人不是一粒尘，谁人不是一片叶？叶子的处境，何尝不是诗人的处境？叶子的念想，何尝不是诗人的念想？天空中、风云中，叶片与日月星辰为伴。叶片由枝干支撑，枝干由大地托举。直觉、本能、新鲜都是诗的要求、诗的支撑。有了这些点诗是成立的。戴望舒先生有诗歌绘画美、音乐美、建筑美的论述。忘了还有哪位先生有感情深度、感情浓度和人间温度的概述。我认为"人好"诗才好。诗符合真善美，符合大众审美观，应该是人们对诗的基本期望。真善美，真最为重要，不真何言善？不善何言美？情真才会被信任，虚情假意离诗甚远。遥望是许多诗人或者思想家的爱好或者习惯。遥望星空为什么要遥望星空？行者，修行之人，上下求索之人。楚国大夫、唐宋大家皆如此，张远灯诗人多首诗以此为主题，他更是不折不扣的践行者。

把诗比作一个人，身体肿胀，意识混沌，言辞不清不是真善美。婉约也罢，豪放也好，"二十四品"一品不沾不算真善美。修辞花哨意无韵律，无病呻吟虚情假意更不是真善美。写诗难，不具天赋写诗更难。"凡是用形容词和副词写作的人，都是没有文化的人，都是没有上过大学的人，如果外表特别复杂，那他里边的内容一定特别的干瘪。有学问的人，一定是用特别浅显的语言来说特别复杂的事物和哲学。"这是刘震云先生原话。写小说如此，写诗难道不是如此？我们看张远灯先生这首诗——《偶然》。

太阳升起来还未回归 / 相逢一笑 / 啊！世人遇见 / 日月同辉 // 荼蘼欲尽时 / 夏花早放艳魅 / 匆匆几轮回 / 尔等过客 / 可曾感觉疲惫 / 倘若天不亮 / 好好酣睡 // 安知谁入梦境 / 花谢花飞 / 多少时光荏苒 / 我送孤帆远 / 何须热风吹

我赞赏同意刘震云先生的观念，喜欢听用妇孺都能听懂的话写出来的诗。写日月水火山石田土是写生活。写喜怒哀乐风花雪月是写情绪、情趣。文学说到底还是在写人心、人性。诗只不过是小说散文的另一种写法。不论如何简约，绝不可以丢弃"写真"。一种花不能取代另一种花，一种美不可取代另一种美。写多了，写久了，写累了，就会明白捏造不是创造。老实是唯一途径。

张远灯先生的诗很明显形成了他自己的诗歌风格。我尤其喜欢张远灯先生精美的小情调诗歌，他能让美安静下来，在诗歌里为真和善做证词。你看《路边一朵菊》这首小诗。

走在林荫道／没有了丹桂影子／那丛菊花正好／伫立风中／仿佛霜天的信使／／忘却黄金甲的悲伤往事／长安早已湮埋大唐盛世／采一朵新菊赠送／胜却牡丹天下傲骨几时／那啼唱的夜莺／将带走／暮秋风华最后一支／焉知花落谁家／皑皑白雪冻结了／红豆相思

干干净净的句子，实实在在的情思。触景生情，就是路边一朵菊，让诗人联想了多远，多深，多少。生命是软件，每一首诗都是软件之上，自身光线刻录的一道划痕。张先生智商里涵养了很高情商，无论生活怎样得罪自己都毫不动摇保持优雅，保持节奏，无论是苦辣还是酸甜，心灵一味分泌诗歌。这就是真正的诗人的样子。

读张远灯先生诗歌让人明白：没有经历写不出真，心底阴暗写不出善，灵魂丑恶写不出美。同时也让人明白，挤出来的诗和流出来的不同，编造出来的诗歌与发自内心的诗不同。

张远灯先生如海洋一般的诗歌里矗立着岛屿奇峰，涌动着波涛浪花，有鲜活的鱼虾，有精美的珍珠，有漂浮的水草、奇异的珊瑚，徜徉其中必有所获。

目录 CONTENTS

上卷·现代诗

（一）童话的小河

3　欲飞天蝴蝶
3　童话的小河
4　白蝶
4　探渔
4　单行线
5　我这一方天
5　一场夜雨
5　一只青蛙的逃亡
6　快乐之雾
6　对谁说"不"
7　风筝的感觉
7　就这样一路走到黑
7　洪水之谶
8　黑黑的天白白的天
8　潮涨潮落
9　莫恋暮霭　奔向朝晖
9　行者九十步
10　地平线
10　飞过暮色的蜻蜓
10　多大的江湖
11　鸟屎或炮弹
11　天狗
11　小鱼儿的世界
12　白露湿了半头白发
12　最美丽的花季在九月
13　生机盎然
14　山河水
14　等候的时光
14　山那边
15　退潮寻旧路
15　路边一朵菊
16　过客
16　太阳看不到月亮的脸
16　向往云贵的天
17　追赶黎明的记忆
17　梦游在时空之河
18　折皱的纸上书写祝福
18　多少雪花为伊逗留
19　醒来的传说
19　雾海红船
20　向着春天奔跑
20　最后一片落叶
20　水这边
21　寻找时光的酒香
21　摸黑的路口
22　计较春雨
22　孤独一朵花
23　春天的渡口

（二）春晓雨中行

- 25 春晓雨中行
- 25 望松花
- 25 纸飞机
- 26 绿柳垂丝之约
- 26 恍惚一片叶
- 27 至美
- 27 混沌
- 28 雨丝割了谁的脸
- 28 清明过后
- 29 与陌生石对话
- 29 哪怕最后一场春雨
- 30 顶峰
- 30 野火
- 31 流向夏的传说
- 31 走在山岗上
- 32 眼波之焰
- 32 不知醒者
- 33 风为邻　雨作伴
- 33 我们的天空
- 34 蒲公英之愿
- 34 睡不醒的呓语
- 34 向上
- 35 哭或笑
- 35 偶然
- 36 热情的谶语
- 36 迟到
- 37 相约热风
- 37 叶子的念想
- 37 长江为我断流
- 38 天客渔夫
- 38 上钩
- 39 那一柱水花欲上天
- 39 与自己对话
- 40 无眠或装睡
- 40 反向奔驰的列车
- 41 对话
- 41 来或走
- 42 小我
- 42 天暮或日升
- 43 风从哪里来
- 43 半天空
- 43 谁的笑脸
- 44 听流水的声音
- 44 致黎明
- 45 与谁论道
- 45 依然早起
- 45 好冰凉的天
- 46 假如一片雪花落下
- 46 血红的旗帜

（三）河东河西

- 51 河东　河西
- 51 匆匆依旧
- 51 我的天空
- 52 为太阳绘画
- 53 赶考的岁月
- 53 雪花的幸运
- 53 与雪花共舞

54	遗忘的季节	68	师之忧
54	说梦	69	酣睡或醒来
55	阳光的味道	69	枯叶的宿命
55	某个传说	70	鱼儿的梦
56	小寒过后	70	听风雨云端
56	可曾备于我	71	黎明亦如黄昏
57	避雨亭	71	等红包的感言
57	打开春天的门户	72	清与浊
58	等一场雪的代价	72	颠覆
58	如此艳阳	73	安静如鱼
59	走过寂静街头	73	那只鸟仔
59	人生一场垂钓		
60	盗火之夜		（四）若请时光等候
60	或多偶然		
61	哪里是春天	75	闲步
61	我对太阳说	75	心外乾坤
62	一个故事	76	与太阳比热
62	赶在太阳之前	76	如果星球
62	乍暖	77	行者的天空
63	柳色	77	期待听蝉
63	偶见油菜花	77	躲避的热点
64	风雨劫缘	78	一场雨的妄念
64	错觉	78	手和脚的苦旅
64	静止的曲线	79	让脑子一同旅行
65	感悟行者	79	连线
65	寄语太阳月亮	80	鱼如离水
66	绿叶如衣	80	大江流
66	收藏	81	热风颂
67	柳絮	81	超越信仰
67	黎明不必守候	82	天之谶
68	月亮的秘密	82	低调

83	太阳的童话		
83	燃烧快乐		**（五）寻梦漫游**
84	一棵树的故事		
84	鱼儿的宿命	98	贝壳虫
85	水岸一群白鹭	98	伯乐相马
85	放下	99	穿越丛林的老者
86	人间好秋光	100	垂钓童子歌
86	迷失	101	春风中　那一片落叶在哭泣
87	若请时光等候	101	大悲若喜
87	徘徊	102	戴着面纱采樱桃
88	黑白噩梦	103	点燃一支香烟
88	钟楼晓望	103	还有多少山水相逢
89	黄叶物语	104	汉水边一树花开
89	共享的感悟	105	汉阳树
90	匆匆那年	105	回归原始的野餐
90	太阳点烟	106	金玉
90	梦的光标	107	菊花茶
91	沉眠或修炼	107	冷风街头小我
91	奔跑的蜗牛	108	黎明前
92	陌生的自我	109	留金
92	没有一片树叶掉下来	109	梦幻之桥
92	空白的思量	110	梦回唐朝
93	边界	111	梦雪花
93	小雪之后	111	那年的冰雪我曾收藏
94	匆匆来回	112	那时的天空好想飞
94	渴望阳光的蜻蜓	113	青岛恋人
95	唤醒	114	秋霞
95	人之初	115	山间的杜鹃谢了
96	你就是天	115	神农之木
		116	圣洁的笔者
		117	树之歌

117	霜花	138	革命不是传说
118	撕下的挂历	139	古董的七夕
119	他年梅花	140	好人　病人
119	微诗	140	和我一起回唐朝
123	为你写诗　为我歌唱	141	红色
124	悟道	142	"红楼"岂是梦魇
124	向往塞北的雪	142	空心
125	小村	143	论短说长
125	雪花礼赞	143	没完没了
126	阳光下的雪人	144	每个夜晚不会一样黑
126	遥远的城市	144	梦幻土楼
127	一滴水的箴言	145	陌生的路口
127	一滴雨的呓语	146	瓶子里的世界
128	一棵清荷	146	破茧之愿
129	玉碎	147	清江　依然奔流
129	远方　恍若梦游或私奔	147	热辣的感觉
130	战后思战	148	神农送我一片叶
		149	松毛岭　小小少年
(六) 夏花依然绽放		150	太阳和雨的祈祷
		150	太阳困了你还不沉眠
133	岸	151	太阳照见梦影
133	白衣送酒	151	天的距离
134	百川归海	152	天上的乌云总会落下
134	不要绽放　我还在冬天	152	问声你好
135	沉睡的石头	153	我们等着你
135	虫鱼	154	我愿是条鱼
136	第一场秋雨	154	我在沧海
136	独枝	155	无言
137	端午后再无太阳	155	五月的火山口
137	风雨是否疲惫	156	夏花
138	疯了足球	156	向日葵

157 啸天苍狼
157 阳光是个不速之客
158 迎接龙舟的日子
158 雨后是否升起彩虹
159 在此
160 载不走一路落叶
160 走一走　停一停

（七）人生若如一场雪

163 巴黎圣母院之火
163 把余下火星送给夏天
164 摆渡
164 不要箴言
165 穿越年轮的雪
165 当时光进入蜕变季节
166 断网
166 河东　河西
166 毁了玫瑰之约
167 经典
167 来一顿免费的午餐
168 老刀
168 玫瑰花开杨桥港
169 每个夜晚都睁大眼睛
170 面对丑陋
170 拼凑自我的碎片
171 人生若如一场雪
171 三问春雨
172 谁在时光的沙漏里低头
172 十六的月亮离我很近
173 水岸七层塔

173 天上是否真有黑洞
173 天雨中的孤舟
174 我们都是传说
174 我是雨　不是雪
175 夏日最后的映山红
176 仙山
176 向时间致敬
176 小宇宙大爆炸
177 新生太阳
178 休战吧　疲惫的太阳
178 雪舞虞美人
178 寻觅雨后的童话
179 一场雪走进 2019
179 一米之外　即是远方
180 一只春虫爬上树梢
180 一座大山
181 用我一头白发
　　换来一季春色
182 油菜花的命咒
182 有或无
183 娱乐至死
183 雨为太阳洗澡
184 远望江汉
184 中山国　那棵摇曳的青禾
185 钟楼忽如梵塔
186 总是匆匆
186 最温柔的风
187 春雨礼赞
187 假如来一场雪
188 空地
188 沐浴第一场春雨

189 年轮的圈层
189 日出
190 听鸟呼唤
190 杏花之春
191 阳光与醒梦人
191 一个人的天
192 元宵之城
192 纸命
193 最早一缕绿草香

下卷·古体诗词

（一）楹联·绝句

197 题茗山杨桥楹联
197 茗山书院楹联
197 七绝·秋水吟
198 七绝·立秋之后（二首）
198 七绝·叩杨成武
198 七绝·长夏（二首）
199 七绝·梦得（二首）
199 七绝·初秋（二首）
199 七绝·残暑（二首）
200 七绝·火热中秋（二首）
200 七绝·春问（二首）
200 七绝·来回（二首）
201 七绝·梦得偶记
201 七绝·江望（二首）

（二）律诗

203 七律·登延安凤凰山
203 七律·茗山感怀
203 七律·赤壁感怀
204 七律·秋藏
204 七律·大暑
204 五律·吊秋白
204 五律·夏阳
205 七律·虎门寄怀
205 五律·长沙
205 七律·廪君词
206 七律·桂子山
206 五律·天创新年
206 七律·向北
207 七律·庚子江城
207 五律·遥遥黄鹤楼
207 七律·倦客
207 七律·江汉怀古
208 五律·凡身
208 七律·即步耳顺寄怀
208 七律·无题
208 七律·咏虎年
209 七律·望茗山
209 五律·落叶
209 七律·春寒

（三）词

211 玉蝴蝶

211	采桑子·秋红	219	破阵子·五更
211	采桑子·上杭	219	满江红·大雪
211	忆秦娥·访娄山关	219	谢池春·地荒天苦
212	生查子·秋月	219	水调歌头·不见少年月
212	忆江南·八一（二首）	220	渔家傲·梦雪
212	如梦令·说梦（二首）	220	念奴娇·渡口
212	浣溪沙·吟病	220	青玉案·渺渺天涯路
213	清平乐·古田	220	桂枝香·望江怀古
213	十六字令·天（三首）	221	江城子·冰雨
213	渔歌子·夏泳（二首）	221	水龙吟·柳岸
213	捣练子·学童（二首）	221	蝶恋花·枯蝶
214	点绛唇·执手	221	石州慢·望朝阳光烈
214	忆王孙·书怀（二首）	222	永遇乐·正定春秋
214	菩萨蛮·秋夜	222	太清引·晴空骤暗
214	调笑令·夏雨（二首）	222	沁园春·暗香盈秀
215	长相思·立秋（二首）	222	贺新郎·风雨江南岸
215	卜算子·咏桂	223	摸鱼儿·夏天正暑
215	虞美人·秋江	223	六州歌头·杨桥玫瑰园
215	摊破浣溪沙·中秋	224	采桑子·末夏（二首）
216	桃源忆故人·暮色	224	菩萨蛮·寻幽独步
216	减字木兰花·秋分	224	忆江南·夏韵（二首）
216	太常引·山问	224	卜算子·秋
216	醉花阴·霜花不语	225	浣溪沙·七月流萤（二首）
217	西江月·酒冷	225	减字木兰花·秋风归鸿
217	浪淘沙令·荒芜	225	谢池春·一季花开
217	南乡子·湘	226	忆秦娥·安心
217	踏莎行·落帆	226	浪淘沙令·大好江山
218	相见欢·海天路	226	西江月·岁月如琴
218	鹧鸪天·重阳怀菊	226	蝶恋花·碧水长流
218	临江仙·霜降	227	渔家傲·当日秋风
218	雨霖铃·春暮	227	青玉案·西湖柳

227	江城子·中秋过罢	236	再游红安
227	青玉案·澄澜碧桂秋波舞	236	正夏歌（三首）
228	渔家傲·冷雨秋风	237	因感洪荒
228	水调歌头·喜欢	237	咏宝塔山
228	卜算子·梅花	237	夏韵
228	浪淘沙令·大雨	237	晨赋
229	西江月·苦雨	238	明月
229	醉花阴·梅雨浑然	238	枣园行
229	太清引·人间六月	238	秋声
229	临江仙·潮起洪荒	238	秋怀
230	南乡子·骄阳	239	七夕之恋
230	虞美人·骄阳不觉秋风近	239	生死谶
230	渔家傲·秋光	239	炎秋咏
230	蝶恋花·小蜻蜓	239	清凉
231	如梦令·夜雨	240	忆杭州
231	雨霖铃·深秋寒雨	240	秋蝶
231	唐多令·潮夏	240	秋望
231	临江仙·十载秋风	240	秋爽咏
232	鹧鸪天·踽步穷秋	241	欲雨秋晨
		241	龙华寺感赋
	（四）古风	241	关山谣
		241	明灯
234	碧波随想	242	晚秋辞
234	游岳麓书院	242	凡鸟游
234	巡司河近赋	242	话霜冬
234	秋深夜韵	243	冬之初语
235	秋吟即赋	243	冬日偶咏
235	晨赋	243	感赋茗山少年时
235	夏日即景	243	贺回忆录首发
235	暴雨咏叹	244	天命词
236	云晏诗社	244	日升之谶

244	咏冬晨	253	无题（六）
245	独尊偶悟	253	无题（七）
245	师怀	253	无题（八）
245	夜雨巡湖	253	无题（九）
245	暮柳咏月	254	无题（十）
246	元宵偶咏	254	重阳即赋
246	贺茗山书院词	254	天堂寨韵
246	崇高 250	254	暮秋歌
246	三圣五仙词	255	小雪偶题
247	若夏	255	雪花物语
247	夏雨偶题	255	2018 狗年贺词
247	风雨楼遥想	255	暮春听雨
247	少年梦关山	256	聊寄夏天
248	清凉寨感怀	256	炎秋之痛
248	中夏怀古诗	256	海上人间
248	夏之雨词	256	潇湘夜话
249	吊忠魂	257	车途
249	别黔词	257	再游橘子洲
249	酷雨词	257	忽如夏
250	秋吟	257	初夏
250	咏渔洋关	258	夏歌
250	感叹王安石《梅花》	258	白洋淀歌
250	夜雨秋吟	258	正定词
251	秋游	258	重访渔洋关
251	一叹秋阳	259	游荣国府
251	迟秋吟	259	叹梁思成
251	无题（一）	259	东山学校即感
252	无题（二）	259	访曾文正公故居感怀
252	无题（三）	259	秋意
252	无题（四）	260	木兰胜天
252	无题（五）	260	寒雨词

260	问友人
260	悼阳春
261	关山月
261	元日
261	元宵吟
262	青树歌
262	话中秋
262	夏夜即赋
262	银杏谷感叹
263	中秋月韵
263	夜梦即感
263	重阳感怀
263	贺国庆
264	除夕寄怀
264	十二月
264	咏银杏谷
264	庆贺词
265	金鸡唤日
265	故园已春风
265	吴楚偶怀
265	春城夏雨
266	贺元日
266	长安吟
266	车往古田
266	梦九宫
267	为张宇韬照片题

上卷・现代诗

（一）童话的小河

欲飞天蝴蝶

那薄薄的彩翼
扇不起片刻烟尘
那个传说中蝴蝶的
翅膀
乘风驾驭一朵云

如果飞到天上
或许产生蝴蝶效应
梁山伯与祝英台
从梦里醒来
重温人间馨香花韵

如果你真的飞到天上
请采撷最美的云朵
送给
凝望你翱翔的人
他们也想飞
也想贴近
天上的彩云

2020 年 5 月 16 日 晨

童话的小河

那条弯弯的小河
流走多少春秋冬夏
两岸芳草
依然稚嫩童颜
浪花飞腾
溅起一身天真梦幻

亲手折叠的小纸船
不知漂泊何处
是否把那个天真的梦
带到大海
拥抱海的女儿
聆听安徒生
升起童话的风帆

在大海
无尽头漂流
问彩云海鸥
何时返回
回归童年的小河
高挂五彩锦帆

2020 年 6 月 1 日 晨

白　蝶

编织一个绮丽梦境
却担当悲剧角色
喧嚣的尘缘
无处留下半片洁白

穿行于野草笙花丛林
寻寻觅觅
不是孤寂的客旅
难料同行不辞而别

还是孤身奋然翻飞
倘若飞不上天
就化作那片白云燃放
焚尽全部蛊惑

2020 年 6 月 2 日　晨

探　渔

在野草和晨露中
寻觅岸的踪迹
那只纸船
早已被春水带走
水边遗留草蓑竹笠

渔翁走了
去城里感觉柔情暧昧
那钓竿爬满绿苔
蜻蜓结伴依依点水

一团雾袭来
席卷最后几声蛙趣
我毅然举起钓竿
一丝不挂抛入水底
探听鱼儿的消息

2020 年 6 月 3 日　晨

单行线

从遥远的天边
驰向明天
来时谙熟风景
去却如此陌生
仿佛突入梦游奇境
闻道鸟语花妍

莫问归帆
倘若红尘悠悠旋转
一场又一场直播
从来没有预演
万类殊途何曾同归
生活
俨然一条单行线

2020 年 6 月 7 日　晨

(一) 童话的小河

我这一方天

彩云、白云、乌云
变幻着交织着
飞越每个方寸
仿佛升腾
仿佛坠落
天苍苍，路漫漫
相依前行求索

把彩云剪着衣衫
让白云驾驭翅膀
令乌云化雨
凝雪成霜
小小的我
头顶一方天
依稀忐忑
坦然面对沧桑

2020 年 6 月 12 日 晨

一场夜雨

在夜色中骤然而下
挟着狂风、闪电
众鸟逃逸

旷野树木青禾
任凭作贱
问谁站在窗前
感叹炫目的闪电

潇潇飒飒穿过
纷纷扬扬抚脸
这不是温柔的春雨
这是横扫世界的天遣
今夜，多少人
错爱暴风雨
聊寄激情
弄潮的冒险

2020 年 6 月 13 日 晨

一只青蛙的逃亡

云追风影狂奔一夜
播下雨滴
沸腾了江河
那只青蛙，在黎明前
泅渡
试图游往他乡

是追求快乐的雨滴
还是沮丧地逃亡
在湍流的水中
已看不清水天苍茫

如果彼岸
依然春光盎然
为何不携手结伴
一起逃亡

2020 年 6 月 14 日 晨

快乐之雾

恍惚
一个美丽梦魇
笼罩天空
笼罩江湖
万物
坠入飘渺之圣域
沧海方舟
竟上极乐虚无

倘若大千世界
此景弥续
亿万生灵
挣脱命运之囚
驾红帆驶向
苍苍茫茫
乐陶陶
俨然腾云驾雾

2020 年 6 月 19 日 晨

对谁说"不"

漫天风雨
淅淅沥沥混沌
没完没了之冷酷
伊能消受
这梅雨季节的祝福

遍地芳草
暗忍自然煎熬
花颜失色
淫浸此身春衣夏服
告别骄阳
当闻几人笑几人哭

一群水鸭追逐水鸟
追到天边
感叹水天相接
那蜻蜓点水的风景
那蝶恋花的梦魇
转头身外无物
此时此刻
面临八方风雨
浩浩荡荡天下
对谁说"不"

2020 年 6 月 24 日 晨

风筝的感觉

那只风筝
乘风欲破经轮
一根看不清的丝线
牵挂着
它永远上不了
天堂之门

那个放风筝的孩子
转眼长成大人
那只风筝
却在风雨中沉沦
遥望风中旧影残片
至今后悔
没有剪断丝线
误了一只绚丽的
可上凌霄的
风筝
壮志凌云

    2020 年 6 月 26 日　武汉

就这样一路走到黑

太阳已从西边落下
月亮穿不过重云浓雾封锁

鸿雁传书零碎在黑暗中
荒野生灵无奈何跳跃闪躲

刹那间到了百年孤独的境界
岁月静好几个卿卿我我
一直踽踽向前走
把低垂夜幕
剪辑一套迷离的嫁妆

再无心追究下一个黎明
或许黑暗正是透支的极乐
向那陌生的方域旅行
生命轮回无限说什么沧桑

    2020 年 6 月 27 日　武汉

洪水之谶

与大海潮汐
不相与共
海鸥
也未曾高吭气喘
来自天空的
潇洒倾注
瞬间把江湖连成
大海

前人将之与猛兽
纠缠一处

安知当年
弱水三千媚态
多少痴恋
携手泛舟波澜
鸳鸯与蝴蝶梦
醉眼对拜

而今
激情汹涌澎湃
凡夫俗子消受不了
断然释怀
为情而生为爱而灭
试问！谁驾舟
一往情深
穿越时空狂澜
直奔
来世之海

黑黑的天白白的天

昼夜不停风雨
昼夜不停洗涤
刷净身上所有味道
不留下过往一丝痕迹

把江湖河川灌满
水波横溢
睁开双眸
可亲近大海的暴戾妩媚
水鸟飞过

疑似海鸥追逐云端的秘密

黑黑的乌云笼罩厚重的天
把周天雨水一次性
渲泄完毕
遥望远方洁白的天幕
农夫欣然取下簑笠

倘若把黑黑的天
洗涤成白白的天
是否？黑夜不再来袭
如此疲惫的灵魂
何处安歇
如此困乏的你我
何时方能休息

2020 年 7 月 5 日　暴风雨

潮涨潮落

世俗一局棋
下几步安知满脚稀泥
江湖一行者
从容踏浪忘了惊奇

雨季来得猛烈
江河连接海
波澜逶迤
若驾一叶舟
出没风浪奔驰

好个弄潮儿!
脱去这身旧衣
青春不老
依然潮起时

2020 年 7 月 22 日 晨

莫恋暮霭
奔向朝晖

在黑暗中执笔
竟忘却漫漫时光老灰
邻宿入梦乡酣睡
斯人潸然欲断落红成堆
看不清汝之脸他之眉
依稀听见点滴沙漏
黑暗把我包围

在黎明的晨曦中
走出斗室
奔跑在绿叶芳菲的青堤
蝴蝶颤动天真的翅膀
鸟儿伴我向前飞
露似珍珠薄雾如紫衣
好深邃的天跳舞的白云
此刻欣然写字
莫恋暮霭奔向朝晖

2020 年 4 月 27 日 晨

行者九十步

天色微光
在小鸟的呼唤中
起来
走向野地荒芜
早行人
竟然全无目标
宛若楚囚

一滴露珠
把初升太阳
勾引
周身散发彩弧
不枉红尘几轮回
啊!生如朝露
点点滴滴
谁在乎
试问!
风风雨雨过客
蹉跎
九十步
笑百步

2020 年 4 月 28 日 晨

地平线

在天边,在海天之间
界定日出或日落的时辰

在桌上,在书页之间
翻阅前项或后续的年轮

在荒丘,在峰峦
欣喜阳光
亮照黯然山魂

在眼眸,在眉梢
追逐岁月
转动心灵之神

2020 年 7 月 29 日 晨

飞过暮色的蜻蜓

天,总有黑的时候
太阳从西边落下去
蜻蜓的翅膀
颤动暮色恍若晨曙

等待翌日太阳升起
颤动的梦幸存几许
那只向着黑夜
飞翔的蜻蜓
此刻,可否听到
流泉风语

追赶太阳
每个黄昏日暮
寻找黎明
谁可熬过漫漫长夜
时光交错的酸苦

2020 年 7 月 31 日 晨

多大的江湖

为抗拒太阳的热情
漫天风雨汇成浩荡江湖
渺茫无边,凡生
从没有找到尽头逗留

包容春水潇潇
盛载夏日暴风雨
滚滚东流
波涛汹涌
江湖连天天接海
好大的江湖

多大的江湖
我们依然从容击浪

冲出重围
相伴海鸥瞰楚囚

2020 年 8 月 6 日 晨

鸟屎或炮弹

一颗炮弹穿过裤裆
且作苍天送来凉风
飒爽！

一粒鸟屎掉在头顶
疑似核子瞬间爆炸
躲藏！

扛着炮弹当鸟屎
扔进对手餐桌
梦回天堂

抓把鸟屎当炮弹
洒向敌人营地
啼笑荒唐

朋友！
高枕炮弹品尝鸟屎吧
当今时尚
请千万不要
错过……

2020 年 8 月 8 日 晨

天　狗

不是赞美你的姿色
有倾倒西施之能
而是追捧你的胆识
竟让太阳失去尊严
假如在今天
你奋然吞噬烈日
我宁愿享受一段黑暗
却是凉爽的轻悠弹弦

是否为了一己之私
躲进幽暗的小楼
不再想红尘滚滚热浪
何等空前
试问！
谁可为芸芸众生
重犯天颜

2020 年 8 月 11 日 午

小鱼儿的世界

小鱼儿的世界好小
仅是一泓清水
小鱼儿却快乐地

游来游去

小鱼儿的世界很大
连接江湖大海
小鱼儿日夜畅游
却找不到该往何处

小鱼儿宁要一泓清水
它深知
如果没有水
再大的江湖大海
也会干涸

2020 年 8 月 27 日　晨

白露湿了半头白发

珍忆时光白露如霜
多年多年以前
曾以此寄托
美丽的青葱时光

而今
青丝已作华发
韶光笑迎清霜
在这个
秋风萧瑟的早晨
让东升红日
染红一身衣裳

雁儿正欲南飞
沙鸥亦想翱翔
去追逐海鸥
畅想
日出东海如此辉煌

就让白露
湿了旧时盛装
光阴荏苒
几多记忆珍藏
就在此时
半头白发迎着秋风
飘扬
何等潇洒
亦如少时模样
自在秋风萧瑟时
君向东海
我向远方
是否？还会留下
白露如霜

2020 年 9 月 7 日　白露

最美丽的花季 在九月

九月，秋高气爽的季节
骄阳如夏日光华热烈

最是美丽处
果熟花香
蜂蝶醉舞花丛
其情切切

唯美！不只芳菲艳妍
三月桃花杏蕊
焉能相悦
那稚嫩的花朵
一碰即碎
坠落泥土湮灭

成熟的花儿
伴随果实，在九月
这个成熟的季节
纵然千揉百捏
依旧花容如故
历久弥新
不改初心颜色
秋波送尽风情
应抵弱水三千

在旷野，在峰峦
在美丽的九月
正值桂香菊黄时
用美丽的芳蕊
送归蜂蝶，放飞南雁
等闲万山红
潇洒漫天雪
自向斜阳泣风雨
独迎下一个

春天

2020年9月8日 关山

生机盎然

雨，总是世间的永恒
万物皆始于水
潇潇洒洒天上来
断不了无穷无尽之源

一条不明来历的鱼儿
悄悄游入基因之河
在浩浩汤汤的流水中
把生命的原子归还

如同天上的星光
千万颗亿万颗
闪闪烁烁没了没完
在春雨秋波之夜
又有多少个生命体
正默默走近人寰
明天，睁开双眸
遥望！
好一派生机盎然

2020年9月20日 武汉

山河水

山河交错
安知何处汇合相携
漫天风雨终成水
无边波澜
浪花滔滔自在流
在山河之间
找一个汇合点
欣然弹奏和弦

芸芸众生
生生不息繁衍
基因之河
万丈波涛滚滚向前
尔等乃恋恋红尘
一朵浪花
山河水悠悠流淌
千百年
万亿年

2020 年 9 月 22 日　晨

等候的时光

时光从未等我
即使在最近的道口
垂手可触摸处
却依然匆匆而过
相望杳杳

寻踪岁月的步履
蹒跚行走
竟忘却春雨霏霏
秋风渺渺
恍恍惚惚顿悟
向前或退缩
不会有谁等候

放弃所有幻想
独自前行
你看！
浩瀚星空
翩翩飞去飞来
那群自由的小鸟

2020 年 9 月 27 日　武汉

山那边

从前，一条泥泞小路
湮没野草荒芜
蜂蝶迷失
而今，杂乱的石板拼凑
俨然冷峻的阶级

一级一级而上
一级一级而下
找不见橙黄青赤

那个看风景的岁月
何等风华
笙歌喧闹彩帜
眼前，早读少年匆匆
走了又来
来了又走
恍惚天涯咫尺

伫立凝望，山那边
过了昨天
守候明日
蓦然回首
竟忘却！今日何日

  2020 年 10 月 21 日　关山

退潮寻旧路

几个月的潮水浸泡
四野面目全非
那繁杂的蒿草泥沙
俱作混沌的余悲
消失的足迹
离散的芳菲

若重返那年今日
花香伴鸟语
步蝶寻幽
而今造访前村老树
半身尘埃
一缕烟灰
静待春回路转
花开处
是否又见芳菲

  2020 年 10 月 26 日　午

路边一朵菊

走在林荫道
没有了丹桂影子
那丛菊花正好
伫立风中
仿佛霜天的信使

忘却黄金甲的悲伤往事
长安早已湮埋大唐盛世
采一朵新菊赠送
胜却牡丹天下傲骨几时

那啼唱的夜莺
将带走
暮秋风华最后一支
焉知花落谁家

皑皑白雪冻结了
红豆相思

2020年10月29日 关山

过　客

天将冷
时光把热情冷冻包装
直到下一个季节
落开花落
谁在洒满枯叶的路上
徜徉

岁月苦短
匆匆过客若何
那片雪花
点缀绿瓦红墙
弯弯曲曲的林荫道
也曾陶醉书声琅琅

正是江南叶落时
飞鸟尽宝弓藏
谁脱不下春衣
舍不得一朵夏荷

2020年11月6日 关山

太阳看不到月亮的脸

当太阳升起东方
梦魇随那晓岚悄然飞远
冉冉红霞宛如凤凰展翅
多少人欣然露出笑脸

日月轮回真是最大的误会
太阳岂可追随月亮苟且
世间温情从未泯灭
嫦娥的銮驾总是晚点

那匆匆人流陌生的媚眼
红尘中
不愿看到月亮的脸
纵然太阳永不凋落
醉人的昙花
可否绽放长夜

2020年11月7日 关山

向往云贵的天

长江的丽日
将被连天风雨淹没

乘车直奔西南
去云贵
尽情沐浴艳阳高照
月色盎然

黄鹤的翅膀
此刻掠过逶迤川壑
天高云淡
凌虚一展神翼
万里纵横
人生风景聚峰巅
鸟瞰群峦
壮哉！
云贵的天
自在云端最高处
举杯笑谈

2020年11月16日 武汉

追赶黎明的记忆

太阳运行真迅速
走在它身后
唯恐又被抛弃
趁天未亮早起
去遥远的东方恭候
凝眸日出的朝气

天地轮回无限

斗转星移仿佛一场游戏
从故事的开始寻觅
它的结局
究竟为谁惦记

北斗七星高悬头顶
月亮船驶向苍茫云海
当一轮新的太阳
破雾而出
问君！
是否依然不能忘却
黎明的记忆

2020年12月6日 武汉

梦游在时空之河

千百万次转动
千千万个轮回
无数的分子粒子
无数的梦魇
扑朔迷离
匆匆而来匆匆而去
竟无一物
停留在面前
满天流星雨
飘逝多少苦涩
倏忽多少甘甜

是谁！按下休息键
太阳和月亮
刹那却步
相望于苍茫
顿失万道光环
而我！
依然孤独的行者
在时空的隧道
风尘仆仆一往无前
安知！
浮生若梦
红尘又千年

2020 年 12 月 18 日　关山

折皱的纸上
书写祝福

我不是圣诞使者
祝福二字岂敢虚言
那西方极乐可安好
生民是否依然绽放笑颜

大千世界浩渺无边
寻常的生命恍若刹那间
一切皆流
岂可在岁月的长河暂停
多少的祈祷
亦在转眼化作云烟

我在折皱的纸上书写
无言的祝福
送给天下苍生
瘟疫去吧灾难去吧
留给世人
快乐的天地
阳光明媚的新年

2020 年 12 月 24 日　关山

多少雪花为伊逗留

风太快太冷
甚至没有
找到来往的方向
匆匆而去
片片雪花焉知你我
全无记忆存贮
也不愿使人念想

多少雪花
多少恋多少伤
一同随风无影踪
爱亦可恨亦可
世界太大
没有一丝半缕
为伊逗留
风雪一壶酒
冷何妨热何妨

雪花中
谁在轻嗨慢唱
雪花飘飘
可曾寻觅你我

2020 年 12 月 30 日　武汉

醒来的传说

热情的冷风
以光的速度覆盖
不让一个角落
残留半丝半缕绿色
明早起床
送你一个冰雪世界

那将是圣洁与纯白
如同圣诞老人
诵读赞美诗的羞涩
可否让寒雪化作冰刀
去斩杀毒疫魔戒
待到春回大地时节
我们携手前行
把紫陌红尘逐步雕刻

所有悲怆的往事
醒来都是传说

2021 年 1 月 5 日　武汉

雾海红船

冰之花
绽放于寒夜
与蟾宫桂华相携
匆匆而来
恍惚绮梦童年

破冰戏鱼的故事
早作残叶书笺
依稀孩提的影像
水鸟掠过湖面
溅起水波
与冰花叠加画圆

那个渔夫
划破冰花向前
去远方寻觅
梦中的太阳如帆
阳光照亮了
沧桑的脸
海鸥翩翩飞处
或遇见
雾海红船

2021 年 1 月 11 日　武汉

向着春天奔跑

阵阵烈风
在骄阳下奔跑
远山
阳光灼灼生辉
近水
如染绿色波涛

这是驱散寒潮之骑
五百里乘风疾驰
这是追赶春天之驾
八千仞高擎桀骜

倘若年少
曾经手持不老宝刀
开山劈地
何惧冰川万道
重返韶华
再度紧握春色金矛
逆水而上
风帆鼓满自豪

奔向春天
如阵阵烈风
向前！向前！
莫问与谁赛跑

2021 年 1 月 12 日　武汉

最后一片落叶

寒风萧萧
树枝头不见一丝绿色
这是一年酷冷时刻
风中飘下最后一片落叶
鸟鸣霜晨
云朵向苍茫集结

当最后一片落叶
离开空枝枯丫
春天已经不再遥远
倘若雪花有意
每一步下坠
都是馈送春的消息
南方的燕儿
正欲回飞
趁此阳光正好
登上高高的峰峦
迎接归来鸿雁

2021 年 1 月 15 日　武汉

水这边

弯弯的河

(一) 童话的小河

不知流向哪里
白云的影子渐远
岸边的草儿
欣然露出绿色的嘴

可曾渴望春色如媚
把冰雪的记忆
沉入水底
召唤鱼儿上浮
翌日一起踏青去
可是鱼儿离不开水

悠悠走近
如那片云朵
随波逐浪而流徙
水那边
草儿是否听见
花开的声音

2021年1月20日 武汉

太阳总要升起
日暮坠落西方
那个追日的夸父
至今何处躲藏
或许早已忘了太阳
子夜深深
拥抱蓝红月亮

沿着小河前行
浪花可否
找到时光的起点
可否流向
时光的尽头
春风秋雨
沐浴旷世骄阳
谁为岁月煮热老酒
伊人独自品尝
一帘酒香

2021年2月2日 武汉

寻找时光的酒香

沿着河边小路
用脚步预测短长
心里乾坤无涯
眼前柳枝重披新装
过了一冬又一春
沧桑不须度量

摸黑的路口

早行人
等不得天亮
就往黎明的方向
摸索
山重水复时
紧贴大地聆听

春天的脚步渐近
泥土吐芬芳

太阳升起来了
云雾无法阻挡
终于走出漫漫黑夜
向着太阳呐喊
前方路口
一边通往绿洲
一边伸向荒漠

向着绿洲飞奔
去迎接
冉冉升起
一轮新的太阳

2021年2月8日 武汉

计较春雨

这个春天到得太早
已经没有心思
去算计雨的节奏
来或不来
全凭巫山几片云
回眸一笑

天地万物造化
轮回时候
说不清各自结构

人工智能
统治世界之时
茫茫宇宙
何处还可以看见
自然的光照

乘风！
谁在凌波微步
唤雨！
乃至惊天动地呼啸
倘若一场春雨
铺天盖地洪波涌起
谁驾驭诺亚方舟
又览沧海桑田
几度征兆

2021年2月24日 武汉

孤独一朵花

春天
悄悄来到田野山头
柳丝串成线
桃杏绽放花天
那个踏青童子
忽感阳光燃烧

众鸟寻芳去
向着白云霞辉飞走

你却在山涧溪边
静看流水浪花
何时动春潮

孤独一朵花
不入红尘喧嚣
依然妖娆

   2021 年 3 月 4 日　关山

春天的渡口

黎明前
奔向迎接太阳的岸
小鸟未起床
曙光还在梦里燃烧

远方！总是水天遥遥
有的人日夜奔忙
却找不到彼岸航路
待到千山鸟飞尽
伊人是否雪花满头

这个黎明
春意何等妖娆
那群南归的雁儿
可曾到达
春天的渡口

   2021 年 3 月 14 日　武汉

(二)春晓雨中行

春晓雨中行

绵绵春雨
阻挡不了长路
拂晓春尤寒
行者匆匆
任凭风飘雨柔

远方
也许没有太阳
望不见霞辉寥寥
飞鸟的翅膀
掠过烟雨亭楼

再向前
太阳就要升起
暖暖照凌霄
水这边
兰舟争渡
直往春光桥头

2021 年 3 月 16 日 武汉

梦之翼
款款飞翔
桃花杏蕊芳菲时
你悄然绽放
累累嫩黄
花非花
仅为春天捧场

总要结出果实
油然茁壮
厌倦贪嘴的食客
咬破零碎
志在点燃人间圣火
记否月黑风高之夜
你曾把
童年的梦境照亮

翌年,或许
伴随强大的树身
直往九霄之上
那时
我还会站在树下
把你仰望

2021 年 3 月 17 日 关山

望松花

在山间
与鸟为伴

纸飞机

春来花飞
追逐蝶儿的羽翼

芳菲尘路
与香风嬉戏

总要荼蘼绝艳
或是最热夏季
等不到荔枝摇曳
蜻蜓自立荷叶尖
欲望见
雨后虹霓

忽闪一片云朵
飘落天那边
折一页纸飞机
悠悠随风去

2021 年 3 月 19 日 关山

绿柳垂丝之约

年年春风
绿了柳岸青青
春光灼灼
鸟儿的翅膀
掠过水面清波
柳丝儿若青春垂钓
勾引鱼儿
共赴桃花春汛之约

那个韶华易逝的梦境
连同纸船一起远去
仿佛刹那间沉没
鱼儿顺流而下
沿岸柳丝拂水如钩
钓去谁的痴恋
春波送斜阳
何处飘落

那只春鸟
正向水面俯冲
可否带上鱼儿
凌霄九重
再也不听那柳丝
垂钓而歌
再也不赴年年柳色
垂丝之约

2021 年 3 月 23 日 武汉

恍惚一片叶

凡生，春风一片叶
恍恍惚惚
初入红尘间
不与云朵媲美
身无彩翼
难上九霄安歇
不与繁花争春
体无香露

(二) 春晓雨中行

自在风雨任漂泊

心所寄，本寻根
那参天树干
也曾送我上云天
何惧凌虚望月

曾与花为伴
始披绿衣
拥抱初蕊芳菲圣洁
忽如一夜春风狂
花飞天涯
周身仅剩绿叶
孤寂向苍穹
流云不相悦

但愿！翌年
又伴花开花飞
真是好时节
遗憾！君若彼岸花
叶绿不见花开
花开却无叶

2021年3月25日 关山

至 美

相聚，最美时光
春风颤动彩云

一片，两片
彩云簇拥桃花

一朵，两朵
西湖碧波连天
春水伊人，飞向我

忘了季节
竟是无限期守望
黄昏，日西下
独自拉下沉沉夜幕
拂晓，北斗闪耀
凝眉东方天亮

日月总是轮回
思路终成信仰
人间至爱
宛若西湖荡漾
天下至美
瞬间闭上双眸
张开翅膀
向着顶峰飞翔
飞翔……

2021年3月28日 晚

混 沌

如天创之初
天地一片混浊

雨霾交错
上帝刚醒来
偶成造化
焉知谁之功
谁之过

今日
是否天地重创
上帝又觉悟
再塑宇宙万物
鱼虫花木山川江河
务必玉宇澄清
超强纠错

听雷声震撼
闪电灼灼
风雨
洗涤黎明的方向
诺亚方舟
此刻，载着我
该往何处去

把有情人眉间吻遍
淅淅沥沥红尘漫漫
那个春色晓梦
恍若敲窗雨点

总有一天，春风
变成夏日飓风烈烈
雨丝如刀割破谁的脸
眼里眉梢找不到
温柔韶光
拂晓好梦
仅在瞬间撕裂

目送春风去去不回
积一盆雨丝
种下一朵水仙
下一场风雨
凋落记忆的花夭
凌波仙子正从梦境
醒来

2021 年 4 月 1 日　关山

2021 年 3 月 31 日　关山

雨丝割了谁的脸

春风仿佛温柔的手
轻轻抚摸匆匆行者
春雨酷似酥嫩的红唇

清明过后

风，一日比一日强烈
倒春寒转瞬不见
柳丝儿长成大片粗叶
荷尖出水召唤蜻蜓

(二) 春晓雨中行

剪开波光的喜悦

舍不得桃花凋零
那青青果
明天为谁采撷
白云之上
随风飘逸纸风筝
放飞自由的日子
悄悄地剪断
那根纤柔红丝线

昨天的纸花烟火
依稀可见
乡愁又送走
那归乡的匆匆过客
消失在苍茫夕阳下
渺渺彩云间

2021 年 4 月 5 日 晨

与陌生石对话

绝不是天生此地
花草树木与你无关
安知从何处来
此地本不是你家
花开了又谢
草绿后又枯残
那一群野鸟

始终在四周飞翔纵横

莫感叹陌路相逢
生命若如蒲公英种子
任凭风吹到天边
落地生根发芽
你若上苍背负到此
或是异地凝固的奇葩
假如时光轮回
百亿年前
也许诞生在火山

如果生命是一座火山
君不知何时爆发
千万不要像此陌生石
永远守望着
他乡的水
陌生绿树草花

2021 年 4 月 6 日 武汉

哪怕最后一场春雨

淋湿了世间所有
无人幸免
却保全干枯的头发
是谁
赠予保护伞

期待享用同样的雨润
哪怕湿透周身
刹那间春洪漫漫
犹在阳光明媚的日子
一丝火焰
把头顶那方天点然

同一个世界
雨露阳光璀璨
哪怕最后一场春雨
分享给梦魇未醒的来者
穿越蒙昧时代
无尽的烟草雨花

2021 年 4 月 11 日　武汉

顶　峰

这一场无休止的攀登
总有一天登上峰巅
摘片云朵作衣裳之时
再往何处是青山

犹如蜗牛的漫漫苦旅
身背沉重的甲壳
一步一步爬行向前
纵然千山万水
永不停止必将到达终点

此刻伫立顶峰
顿悟！高处不胜寒
若化身为鲲遨游大海
他日嬗变为鹏
一飞冲天
也许
这是不朽的苍生

2021 年 4 月 16 日　关山

野　火

烧荒
只为下一季繁荣
在冰雪封闭的日子
一堆火
温暖一座城
照亮前方的路
指引匆匆晚归人

而今芳草碧连天
桃花绝艳杜鹃欲焚
下一季荒芜
谁点燃星星之火
逐成燎原
恍若璀璨焰光
红灿灿的天
火光中熊熊燃放
记忆的那座城

2021 年 4 月 23 日　关山

流向夏的传说

渐行渐远
那个春风中的传说
将凝聚成青果
不知路人摘下
品味爽快的心得
或在翌年
寻觅
桃花流水的节拍

越来越近
五月榴红荷香
唯愿
蜻蜓点水的风光
带来满心喜悦
那个荷叶童子
横吹玉笛
依稀梦回芳草地
涂鸦蓝天白云
依旧一往情深
流眸脉脉

    2021 年 4 月 28 日　武汉

走在山岗上

攀登
如履平地
直往峰巅
生命
如那朵彩云
乘风而上
总要高处去
过了一山又一川

风不停
浮生永不止步
飞翔
随风竟上天
九天之上
可否找到天上人间

若有一天
风乍停
那彩云
悠悠坠落
知否
坠入哪座山
哪道川

    2021 年 4 月 29 日　关山

眼波之焰

眼眸，火眼金睛的燃点
早起的太阳
刹那间引爆一夜贮存
眺望东方
穿云破雾飞翔
一路燃烧灼灼其华

春天，犹如积淀万年
黑暗中沉沦
一座唤不醒的火山
后羿射日
坠落的九个火球
在此相守
熄灭的璀璨
安知那个三十年后
睡不着的老人
偶遇三十年前
那个睡不醒的行者
一起告别沉眠
带着九个太阳复活
发誓一同燃放十万光年

眼睛怎禁得如此光环
乃至疲于睁开
犹恐灼伤
腾云的万道火焰

天宫的炼丹炉
此时此刻照耀凌霄九重
如果，还你一个春天
眼之波
可否不再燃烧
让梦之帆
重返烟雨蒙蒙江南

2021年5月7日 武汉

不知醒者

不是因为疲惫
而是一场雨后的蛊惑
或有一个过时梦境
创造天新地好的世界
纵然不留半丝痕迹
醒时太阳依然寂寞

如果又来一场风雨
天地顿陷沉沦漆黑
不如酣睡作梦游
不必醒来
可免风雨淋湿衣衫
晒不干泥土糟粕

在漫天风雨中
沉眠不知醒
倘若浩浩荡荡

乍然回归洪荒时代
这场梦
何尝不是一个传说

  2021 年 5 月 12 日 武汉

风为邻　雨作伴

太长的路
焉能独自行走
夜深沉
月亮逃逸
星星可否做伴
某个黑夜
找不到月亮
找不到星星
风劲吹
雨淋湿天空
问谁？独上廊桥

那么，就与风为邻
雨做伴
岁月静好
恰如雨夜空漠
独上廊桥
只手拍遍斑驳栏杆

  2021 年 5 月 14 日 关山

我们的天空

夏日伴那纷飞蜻蜓
如约而至
满眼春花
转瞬化作青青绿叶
鸳鸯戏水好一个
良辰美景
风吹流云
唤醒破茧彩蝶

多少个黑夜雨打香荷
蛙声配合雷鸣电闪
万类繁华到了最火热季节
阳光恍若捉迷藏的仙童
五月的天空酷似少女的脸
如果借一双云翼
可否伴蜻蜓蝶儿云游四方
忘却了江湖多深多浅
我们的天空
还有多少颗流星
照亮后来的无眠之夜

  2021 年 5 月 19 日 关山

蒲公英之愿

任凭风吹
天涯海角纵横
落地生根
破土而出发芽
荒地或泥沼
转瞬芳菲璀璨

飘逸千里沃野
自在山水自有情
那彩云下面
苍茫无边
何处是家园

但愿
不要把我洒入沙漠
那里只有风吹
不见雨水
没有再生之缘

2021 年 5 月 23 日　武汉

睡不醒的呓语

任凭风吹追赶太阳的人
总不想面对日落西山

那夜色中的星光
何曾璀璨

把全部的梦境
赋予鸡鸣拂晓
闻鸡起舞
仅剩旧时遗忘的晚餐
梦之翼
拍打不了遥远的归帆

仁者，依稀长梦不醒
大智若愚
相守流星划过夜空
直至燃尽
最后一道光环

如果太阳还不升起
你是否还要装睡
嘴边偶尔呓语喃喃

2021 年 5 月 27 日　武汉

向　　上

拾级而上
欲往云端放飞自我
你从哪里来
不须考证
先人先知先觉

寻梦何处去
凌霄九重
可上仙山琼阁

抬头
却见一座钟楼
平凡却不寂寞
聆听！悠悠钟声
回荡旷古
穿越未来
天空浩然如此壮阔

   2021 年 5 月 28 日　关山

哭或笑

当你无话可说的时候
世界变得如此渺小
夜风吹落花香满地
却留不住那只飞翔的绿鸟
鸟儿的翅膀
带走春色如梦
谁伫立黎明遥望北斗

沉默仅换来千古寂寥
一声响雷
惊醒久违的风雨
奔向风雨如凤凰涅槃
让肉身和灵魂洗礼湿透

对着风呐喊
向着雨呼唤
倘若一道闪电
将你定格为照片
我将乘另一道闪电
风风火火追来
为你尽情哭
放声笑……

   2021 年 6 月 10 日　关山

偶　然

太阳升起来
月亮还未回归
相逢一笑
啊！世人遇见
日月同辉

荼蘼欲尽时
夏花早放艳魅
匆匆几轮回
尔等过客
可曾感觉疲惫
倘若天不亮
好好酣睡

安知谁入梦境
花谢花飞

多少时光荏苒

我送孤帆远

何须热风吹

2021年6月15日 武汉

热情的谶语

六月的天空
皆为阳光占有
纵情燃放
自由伸展红彤彤的双手
哪管弱者裸身漂泊
哪怕圣人衣冠楚楚

没有夜晚
已与黑暗诀别
没有风雨
风雨已离开家园故土
这是阳光的盛宴
让向往光明的人们
煮酒长歌
携手走向狂热之途

倘若热度日益高涨
焰苗窜过时光轮轴
这生生不息之肉体凡身
刹那间燃烧成一个个火球
啊！好一个灼热世界

烈焰横流

我们是否又回到

热情的沙漠

2021年6月17日 关山

迟 到

曾与阳光相约
幽暗中酣然沉睡
让风雨呼啸
让梦魇陶醉
好一个仲夏夜之梦
天朵如云
悠悠荡荡柳絮

怎料太阳失约
斯人醒来方知迟到
阳光灼灼其华
照千里沃野
江湖浪花偷偷作祟
仿佛耻笑
尔等何其愚昧
九万里外一颗恒星
焚风燃香
让天下人顶礼膜拜
好不快慰

2021年6月28日 武汉

(二)春晓雨中行

相约热风

在地球的此域
太阳发挥太多的能量
与君相约
到南极或北极
或到高原冰川
燃放同样的热情之火

如果南极融化
北极消失了
海水上涨
那时再也看不见上海纽约
放眼四海滔滔骇浪
那个雪域高原的冰封神话
在烈日下苏醒
从此诀别白雪公主的欲望

人类也许就此休战
收起刀戈
我们同上诺亚方舟
在苍茫无边的大海游荡
如果再上黄鹤楼
可否领略热风吹雨
回眸冰雪梦呓
几时复活

2021年7月8日 关山

叶子的念想

依附于强枝骨干
伸向蓝天
与白云为伴
风儿轻轻掠过
轻抚芬芳的薄面
假如树再茁壮成长
九霄之上
或可与星星点灯
与月亮共枕

但愿！老树千年
不屈不挠永恒
绿叶常青
摇曳不朽的神话
仰望！
湛蓝的天
白云悠悠盘旋

2021年7月13日 关山

长江为我断流

多少繁华旧事
恰似一江水

滚滚直往东流
寻常过客
春逐柳絮秋随落叶
岁月静好如囚
浊酒几杯
消却了绮梦闲愁

堂堂七尺凡身
何事登楼
黄鹤已随白云去
空吟几行诗
依然独留上头
谁与煮酒一缸
不醉誓不休
张口饮尽滔滔狂澜
我谓长江累
长江为我断流

2021 年 7 月 20 日 晨

天客渔夫

拔一根青竹竿
贴近水垂钓
一丝不挂
渔夫！
哪怕多大的江湖
堪笑当年姜尚
竟然直钩

愿者皆是蠢奴

而今，独步江湖
俨然天客
聊借荷叶为舟
白云作帆
直往水中央

放竹竿，清波一壶
不必垂丝
何求龙蛇鳌鲈
白天
举竿钓下太阳作巫
夜晚
放竿钩上月亮欢娱

2021 年 7 月 21 日 晨

上　钩

原本湖底一条鱼
在水草丛林
快乐的游来游去
却有一天
贪嘴美饵诱惑
上钩
被捕鱼者带走
安知往何处
但愿！
放伊入大海

波涛万里任遨游
疑上天堂之娱

人生如鱼
因何上钓来红尘
红尘万里无边无缘
步步惊心踟蹰
但愿！
汹涌澎湃履平地
无忧无虑须臾
几多忧愁随风远
留我欢娱

  2021 年 7 月 25 日 晨

那一柱水花欲上天

朝阳下，一支水柱
直往上端喷射
天空，一根白线
直向东方伸延
俨然一道白虹
横亘苍穹自悠远
水柱欲与白虹相接
串起朵朵白云
畅游在浩浩蓝天

恍惚记忆从前
那个牧童

吹竹笛逶迤山间
竖玉龙投射
刹那欲望长成神仙
飘飘然白云
一线南北洞穿
白云悠悠潮起巫山

此刻，一柱水花直上
仿佛那玉龙欲上天
问白云！
飞去飞来
安可华发换青丝
韶光依依少年

  2021 年 8 月 8 日 晨

与自己对话

岁月漫漫
哪有多少如歌之旅
时常烟朋一群
酒友几堆
赌酒碰杯酒色流徙
醉罢歌罢
仅剩余半张嘴

总将豪华散去
酒冷朝夕
烟朋酒友尽走

甚至红颜不相随
雨季不再来
真的红衣洒脱
感叹落叶秋霜洗礼
没有果实采撷
怅望雁南飞

此刻，酒干杯冷
伴西风独自语
最是人生极境处
听秋雨淅沥
或后悔或无悔

2021 年 8 月 17 日　晨

无眠或装睡

夜太长
梦里找不到回家的路
睡不着时
望窗外冷月暗渡
装睡！谁来入梦相守

岁月如刀
雕刻时光的轮轴
每个白天
为伊输送热烈能量
每个夜晚
星空下月色油然释放

若无月亦无星
仅把满满的情愫收缩
在无眠的星月中
或爆炸
无奈装睡的伎俩

2021 年 9 月 8 日　关山

反向奔驰的列车

列车奔驰
朝相反的两个方向
彼此目的地
是否绽放同一枝花朵
春或秋
听同一只鸟儿歌唱

地球自然而圆
画再大的圈
终要相遇碰撞
莫怕今日天各一方
翌日回眸
伊人悄悄走在身旁

假如地球不再画圆
一夜之间变样
那两个方向的列车
是否？
从此不再重逢

从此
无缘相守相望

2021 年 9 月 13 日　武汉

对　话
—— 爷爷与孙子

一位老者
鬓发如霜渐入暮年
一稚嫩小童
牙牙学语看陌生世界
仿佛来自两个星球
成了隔着几座大山的
三代

老者竭尽全力
梦想回去孩童时代
真的返老还童
自然不可逾越的境界
幼童梦里翅膀飞翔
祈祷去老者那里串烧
恍若高速进入未来

某日，有客登门
随带礼物五光十色
老者无言
幼童欣然接受
兴高采烈不亦乐乎
呵！好多东西

正是自己梦寐所爱

老者白水待客
面对礼物心潮澎湃
老者说：
孙子呀！非己之物
不可接受
君子不贪心贪财
幼童说：
爷爷！物非我索求
他人自愿送来
算不上贪心贪财
老者说：
习惯皆为平时养成
从小应以青荷为镜
睁眼看一个清新世界

开门，送客
连同那礼物五光十色
爷爷望天空湛蓝
孙子看白云
如此圣洁，如此雪白

2021 年 9 月 24 日　关山

来或走

太阳高挂半空中
林间鸟儿把诗意叼走

风轻轻吹过山谷
这个黎明依然静悄悄

你来或不来
没有一片绿叶凝眉低头
当秋风凋零枯萎时
半弯月总是斜照琼楼

你走或不走
没有半根青藤伸手挽留
匆匆亦如生生不息
流星的眼泪怎能把天空湿透

在阳光下行走
红尘故事觉悟不够
梦醒时分
月亮船或到达彼岸

    2021 年 9 月 28 日 关山

小　我

一夜细雨
把晚秋的凉意
表达直爽
天未亮时刻
何处寻找
小小的自我

天地无涯

我乃一粒小泥丸
任凭风吹雨打
暗淡时东藏西躲
倘若烈日暴晒
骄阳似火
最终可否铸成雕塑
直至不朽
愿与太阳同在
永恒相守

  2021 年 10 月 15 日 关山

天暮或日升

时光倥偬
消融多少忐忑风尘
寒冷从遥远而至
冻结红叶枯瓣
凝望旷野
匆匆忙忙的行人

红尘过客
多少梦随风而散
不留半片浮云
千丝万缕
纵横编织心动故事
唤醒岁月如歌
楚楚动人

在某个黎明

或日落黄昏
斜阳灼灼
照着地平线
仿佛天暮
恍惚日升

2021年11月1日 武汉

风从哪里来

一双看不见的翅膀
宛若穿过黑夜的精灵
焉知东西南北
轻掠红尘
瞬间越过寂静的楼台

季风吹拂漫长的年轮
黑夜把所有的梦境覆盖
每一行脚印
都铭记在田野阡陌
那个踏青少年
把末秋当作早春
寻觅曾经心动的节拍

假如乘着风的翅膀
向着远方飞翔
远方!
谁在等你归来

2021年11月7日 关山

半天空

阳光驱散所有的云朵
连彩云也没有留下
阴霾晨雾无处躲藏
小鸟在林间啼叫
欲唤醒风中一丝温度
把小阳春的草木
装点一片黛绿
几丝嫩黄

毕竟霜天将至
雪花凝聚半天空
将随风而降
那个雪花飘飘的日子
谁在白雪皑皑中
独自徜徉

2021年11月9日 武汉

谁的笑脸

夜太黑
纵有星光闪烁
却很遥远
九万里鹏程

一跃冲天
黎明的霞光
照亮谁的笑脸

如花璀璨
梦里多少艳阳天
春花秋月
亦如水镜波圆
在冰雪凝聚的黄昏
谁在等待
通向黎明的列车

2021年11月10日 武汉

听流水的声音

昔闻高山流水
感叹千古韶韵绕梁
今往野山深处踽踽独行
一泓溪水悄悄流过
拽梦奔向大海
听海鸥歌唱

忘却了旧时山岚旧时水
几度轮回千回百转
流走了青丝黛眉
春衣绿袖
仅留下霜叶枯枝满地
白云悠悠无恙

焉知！那曲高山流水
至今在何处回放

2021年11月25日 关山

致黎明

为迎接第一缕霞光
多少人
多少黑暗时刻
长夜不眠
莺飞丛林光华灼灼
其翼拨动云端锦弦
向着太阳飞翔
那是岁月不老的流年

伫立山顶
遥望云海峰峦
随风而走近
波澜深处驾红帆
夜渡，穿越沧海
黎明，感悟桑田

呵！一缕金光
正在茫茫云霄
恣意翱翔

2021年11月27日 关山

(二) 春晓雨中行

与谁论道

寒气瑟瑟拂晓
独自漫步在小道
迎着日出霞浦
听不见鸟语鼓噪
霜似箭
风如刀
割了谁的衣帽

踽踽前行
一重重山一弯弯水
无边无缘
没完没了
那个垂钓老翁
枯竿弯钩
可曾与水底鱼儿
坐而论道

2021年11月29日 武汉

依然早起

行者无疆
何惧千重山万道水
向前！向前！

莫问今日去哪里

黎明
因为太阳破晓
道路
总是行者开辟
当夕阳洒满阡陌
那条弯弯曲曲的小路
早已变成康庄大道
一眼望不到底

依然早起
沿着崎岖小路
大步走向康庄大道
迎接太阳东升
快乐的鸟儿
拍打翅膀
飞向流光霞蔚
那醒来的几朵霜花
欲与太阳亲嘴

2021年11月30日 武汉

好冰凉的天

倘若正夏天
如此凉爽
早行人步履蹒跚
仰望天空

看太阳！
顿添无限信仰

此时此刻
却是凛冽寒冬
太阳迟迟不起升火
风如刀云似冰
无人欣赏
此情此景
问谁梦回冰河
倘若那一天
你是否驾驭诺亚方舟
在此岸等我

2021年12月10日　武汉

假如一片雪花落下

混沌的晨光
如同漫漫长夜
没有醒悟
寒冬却无雪
瞑瞑满眼薄雾
那排老树
枯叶红透脱落
鸟儿归巢
顿失青枝绿叶庇护

振翼奋飞

飞过绵绵万里凋零
寻觅春天的脚步
假如一片雪花落下
那就是春的信息
期待！
漫天飞雪迎春回
伊人何处
守望花开一树

2021年12月15日　关山

血红的旗帜

——献给建党一百周年

序章

滔滔黄河长江
流淌中华文明血脉
巍巍泰山昆仑
高擎炎黄子孙旗帜
岁月如歌
多少沧桑故事
乾坤旋转
造就东方泱泱大国
狂风阴霾
列强的枪炮屠刀
纵使周身千孔百疮
山河破碎
仰天长问——
谁来拯救中国？

(二)春晓雨中行

"主义犹如一面旗帜"
十月革命一声炮响
为我们送来了马克思主义
旗帜举起来
中国共产党人
前赴后继
用鲜血染红这面旗帜
用生命捍卫可爱的中国

一

日出东方
迎来黎明时刻
南湖的红船
载着神圣使命
乘风开来
劈波斩浪
何惧暴雨雷鸣
向前！向前！
前方就是彼岸
走向独立解放
奔向自由幸福
振兴中华
重塑五千年辉煌史册

莫问山有多高　路有多远
只要勇敢攀登
只要脚步不停
世上没有人上不去的峰巅
没有脚步到不了的终点
莫怕浪有多大　水有多深
江湖没有搏不过的风浪
没有强者跨不过的深渊

中国革命的航船
有了中国共产党领航
中国共产党队伍
有了马克思主义引路
向前！向前！
朝着解放的道路迅跑
英特纳雄耐尔就一定要实现
明天，属于新生的中国
革命，不是一个传说

二

南昌城头的枪炮
依然声声震耳
井冈山的青松翠竹
连起工农武装割据的
赤色林海
湘江的血色黄昏
曾是英雄的累累骨肉
娄山关的夕照
令人难忘
苍山如海残阳如血
遵义会议的光芒
辉映中国革命的漫漫征途
伟大领袖毛泽东
率领我们走过万水千山
延河水呀日夜流
流向大海东方红
十四年抗日
三年解放战争

我们终于走向胜利
党啊！
伟大光荣正确的中国共产党
二十八年浴血奋战
终于建立伟大新中国

这是一页
永远不能忘却的历史
这是一面
永远不能放弃的旗帜
这是千百万烈士的生命凝注
这是中华儿女殷红的热血
要奋斗就会有牺牲
牺牲！书写革命的传说

三

雄伟壮丽的天安门啊
迎来开国大典的礼炮
坦荡的长安街
走过钢铁洪流滚滚
接受历史的检阅
伟大领袖毛主席
向全世界庄严宣告：
中华人民共和国成立了！
中国人民从此站起来了！
我们终于战胜千难万险
走进自由解放的新中国

乘着历史的列车
驶过青藏　秦岭
跨过黄河　长江

从西边到东方
从北疆到南国
曾经
洛阳牡丹甲天下
江城五月落梅花
曾经
荔枝红烂漫
一花引来百花开
历史的列车
走过艰难探索
艰苦创业的风风雨雨
经历喜悦与痛苦
成功与失败
前进！前进！永不止步
建设伟大祖国
一代又一代
我们也曾狂欢
我们也曾流泪
奋斗从未停滞
哪怕漫长的困惑　沉默

四

世界潮流　浩浩荡荡
历史车轮　滚滚向前
记否那年？
小岗村的农民
为了温饱跨出了雷池一步
改革的春风
一夜吹遍大江南北
人民是历史的创造者
中华优秀儿女

(二)春晓雨中行

从未放弃思考探索
从未放弃明天的获得

记否那年？
鹏城春来早
东方风来满眼春
困在山重水复处
却是峰回路转时
总设计师邓小平一语千钧
解开了禁锢多年的心结
改革的目标瞬间清晰
党啊！高举改革开放的旗帜
逢山开路　遇水架桥
旷世的导师
为亿万人民传道解惑

记否昨天
历史庄严宣告——
中国特色社会主义
进入习近平新时代
东方红日升　巨澜洪波涌
血红的旗帜
伟大的举旗人
率领人民　向前！向前！
去实现中国梦
去建设伟大的现代化强国

尾声

东方红　太阳升
雄浑的歌声犹在回响
日出东方

那面血红的旗帜
正在阳光下　迎风招展
向着明天　向着胜利
走过万水千山
方向从未迷失
党啊！亿万中华儿女
在您的旗帜下
建设成为
富强民主文明和谐美丽的
社会主义现代化强国

不忘初心　牢记使命
明天永远属于中国
巍巍泰山昆仑
永远不会崩塌
滔滔黄河长江
永远不会枯绝
主义就是旗帜
旗帜就是目标
永远跟党走！
明天永远属于中国
中国！不是一个传说

2021 年 4 月 21 日　关山

（三）河东河西

河东　河西

一夜微雨
不知湿了谁家窗帘
可惜没听到夜莺轻唱
不是多梦时节雨霖铃
半弯月沉沦于湖底
黑夜里难遇见
那个踏青少年

河东河西漫浸风雨
安知三十年
四十年
曾在河东翘望
河西风景
而今河西却找不到
穿越时空的渡船
河东的风景还好吗？
是否今夜
依然雨霖铃

  2021 年 12 月 16 日　关山

匆匆依旧

太阳匆匆起来
为天地燃烧
无穷无尽的能量
寒风凛冽
意犹把太阳冻结
天空高挂一只冰坨
人间温暖从此熄灭
世界又回归冰河

远望
太阳依旧匆匆忙忙
从不问何时怠倦
依然没完没了燃放
直至有一天
耗尽全部能量
是否？太阳也想沉睡
进入梦魇的日子
再也不问红尘往事
再也不必匆匆忙忙

  2021 年 12 月 17 日　武汉

我的天空

深邃
像无底深渊
放一条长长的丝线
找不到你的渊源
悠远
仿佛没有尽头
拄一根斑驳的杖藜

度量未来和从前

那个春风春雨时节
走来踏青的少年
走过千秋万古
总想踏遍绚丽的江山
脚下芳草萋萋
抬头望蓝蓝的天
星星数不清
把月亮折成渡船

那弯弯的月亮船
端坐垂钓的老渔翁
一根沧桑的旧竿
一条灰白的游丝
放到无边的天际之上
放到无底的万丈深渊
总有一天
钓起旷世龙鳌
钩住苍茫龟鳖
我的天空
总与光明共存
总与温柔相生

啊！
纵然太阳坠落
我将点燃一盏神灯
照亮我的天空
光辉灿烂
群星闪耀一点两点

2021 年 12 月 18 日　武汉

为太阳绘画

一岁一枯荣
何等宿命的定格
走在阳光下
为太阳描彩写稿
画一棵树几丛青禾
当言离离原上草

或许在严寒来临时
树叶和草儿
随风枯萎倾倒
是否？埋怨太阳
燃放光芒太小
馈赠的温暖太少

那么走向夏天
阳光灼灼
绿树青禾顿觉煎熬
啊！太阳的热情
消受不了

走在阳光下
默默前行
岁月静好
呵！不要烦恼

2021 年 12 月 19 日　关山

赶考的岁月

每次赶考如同赶集
去得太早
也许归程依然摸黑
去得太迟
或是两手空空
一无所获

昔日赶考
欣喜金榜题名
多少回洋洋自得
今又端监考场
灯光与试卷如此苍白
抬头望窗外
斜阳俨然凝结
冷云冰雾匆匆飞来

呵！年末几多考
与季节无关
何吝风霜雨雪恩泽
生命宛若一场
又一场赶考
挤压在崎岖的岁月

2021 年 12 月 22 日　关山

雪花的幸运

一场雪还在路上
从遥远的北方姗姗走近
当纷纷扬扬洒遍阡陌
满头雪花真是一场幸运

忘不了杨柳依依时
青丝与绿叶
迎接春色临门
那个春天的花事
已成往事
回眸一笑为谁倾城

还是等待这场雪
雪花可曾带着燕归来
雪后霞霁
嬉戏追逐天空的飘云

2021 年 12 月 23 日　关山

与雪花共舞

一夜北风呼啸
天地变成洁净无瑕
好神奇的圣境

凌虚悠悠然
让世界回归纯真
凝神聆听
空灵的圣歌鸣禅
来自远方
圣诞老人姗姗走近
送我一身雪花

好想与雪花共舞
来一曲云衣霓裳
牵着嫦娥的纤纤玉手
哪怕青丝刹那成雪
与雪花共舞的美丽时光
发如雪
恰似一座不朽雕塑
装点在洁白纯真的世界
身边跟着一群雪娃娃

2021 年 12 月 25 日　武汉

遗忘的季节

什么时光
与季节相连
寒来添衣
暑过不闻蝉
一场雪
几树梅花绽放
夜梦醒时

听春雨绵绵

雪花染白谁的青丝
夜雨淋湿谁的春衫
秋山等不到半缕春色
老翁回不了无忧少年

那个杖藜半弯
月儿躲进了云层
寒风萧萧迎接一场雪
梅花芬芳逝水流年

独自枯叶霜林
依稀寻觅落雪的记忆
还是等谁
蝶衣蜻羽煮酒问禅

2021 年 12 月 26 日　关山

说　梦

星星完全无梦
整个夜晚都在眨眼
分分秒秒不停息
那啼唱的夜莺
禁不得疲倦
悄然谢幕苟且

此刻

月亮船驶入梦海
每朵浪花溅起
恍若美人鱼泪光闪闪
海的女儿今夜无眠
那个传说铭刻在
安徒生的苦脸

倘若长梦不醒
就让浪花
飞溅冰花点点
凝结在梦幻星空
遥望白雪公主
神采奕奕
凌霄九重之上
梵音宛转

2021 年 12 月 30 日 晚

阳光的味道

把苍天点燃后
白云烧成了红云
乌云随风飘坠
满眼霞光
滚滚红尘中竟找不烟尘

温馨，不是你的韵味
却是你的妩媚
与梦魇交织的清纯

每一缕光束
穿透半个年轮的沧桑
每一片霞霁
战栗黑夜沉寂的灵魂
当世界充实暖暖的爱意
谁在黎明前悄悄逃逸
来不及走进阳光之门

或许，去寻找
另类的阳光味道
伊人如月
一见倾城

2022 年 1 月 3 日 武汉

某个传说

停滞时间的轮轴
转不动岁月
在某个时段徘徊
宛若一树花
绽放不败
终成一个定格
那青青旷野
总是长留绿黛

多么美丽的风景
然而，寒风凛冽
就是此刻

假如时光在此停滞
可怜灰蒙蒙的天
混沌的大地
伊能昏厥

但愿！一场梦
寒冬去罢
伊人醒来
睁开双眸凝望
外面的世界
好精彩
但愿！往事如烟
记取某个传说

2022 年 1 月 4 日　武汉

小寒过后

季节所至隆冬
应是极寒
一场又一场雪
俨然冰天雪地
凝聚成团
江湖已冰封
雪花堆积峰峦
呵！去迎接大寒

而今却是
一个艳阳接一个艳阳
仿佛春天提前到来
桃花杏蕊满楼
众鸟林间飞
疑闻春燕放歌喉
呵！彩云无尽头

可我却期盼
一场漫天大雪
哪怕春天
迟到几个时辰
好想！又一次
踏雪寻梅
好一个洁白世界
纯情与天真
洒满每一道水
每一个山头

2022 年 1 月 11 日　武汉

可曾备于我

天生万物
郁郁葱葱果熟凋落
一岁一枯荣
几回喧嚣几回寂寞
曾赋春花梦中游
又叹荷谢红衣脱

问天！彩云片片
从哪里来
今欲何往

杖地！浩浩无边
该馈斯人
几抔黄沙寥廓
昂首天地行
天生万物
地造大千
可曾备于我

      2022 年 1 月 20 日　武汉

避雨亭

风骤雨急
晨光浑暝不醒
早行人匆匆
步入路亭
那几只鸟儿
檐下躲雨
叽叽喳喳叫不停

红尘风雨
尚可择时而避
听任滴滴雨点娉婷
人世风雨
焉知能躲闪
问谁！
为伊修缮避雨亭

      2022 年 1 月 21 日　武汉

打开春天的门户

雨从半天来
肆无忌惮横扫苍穹
把多姿的云朵
打包送给夜行者
把缤纷的沙尘
盛装抛向甲壳虫
莫道行者无疆
倦感旅程无穷
远方还有多少路
眼前风雨朦胧

煮一壶老酒
将冬季
最后的寒冰捂暖
向着风举杯
向着雨畅饮
今夜酣醉从容
让雨洗去全部伪装
让风撕破尘世囚笼
假如明天
打开春天的门户
让那群赤裸裸的孩提
扑进春天的怀抱
沐浴春雨
笑谈春风

      2022 年 1 月 23 日　武汉

等一场雪的代价

仿佛等了好多天
好多年
年年风花
岁岁雪月
为等一场雪
斯人早已白了头

依稀纷纷扬扬
把外面的世界装点
恍惚梦魇凝眸
那个舞雪的倩影
滟滟旷世红衣
带着无穷的诗意
攀登九万里琼楼

只为雪花飘飘
哪怕再等一万年
甚至独自驾驭
一叶孤舟
向着白茫茫的江湖
随意漂流
何其自在自由

2022年1月26日 武汉

如此艳阳

一场声势浩大的雪
没留下半丝念想
甚至树枝头的湿润青叶
连半个吻痕
也被冷风吹走飘落
雪后艳阳
纵情燃放无穷的光芒

下个季节
雪花儿也许不会重来
滚滚红尘中
仅剩下一个发烧的太阳
其他所有的事物
完全不作计较结果
啊！多么伟大
这是茫茫宇宙最后的辉煌

与雪花诀别！
让风雨雷电离去
远走他乡
从此勿须回首
永不归航
这世界
只要一轮永不落的太阳
灼眼璀璨
让芸芸众生

瞬间点燃狂热爆炸
如疯如魔

2022年1月30日 武汉

走过寂静街头

冷漠的淡光
照在湿润的街道
撞不见行人
偶尔一丝半点雨滴
穿越困倦的眉梢

往日喳喳鸟语
此刻消失无踪无影
俨然进入旷古蓬蒿
正值虎年春节
应是喧嚣热闹
万类拥挤街头
若听猿鸣若听虎啸

何须止水无澜
冰凝四野路远山高
那群堆雪人的孩提
是否还在梦魇中
也许一觉醒来
雪花飘飘
那宁静的街头
顷刻又是歌又是舞

暮闻哭朝闻笑

2022年2月2日 武汉

人生一场垂钓

往日喧嚣的柳岸
而今空无一人
艳艳骄阳空照水
静波无澜无尘

钓者！今在何方
莫负春来好风景
近水聆听
谁在轻敲金鲤龙门
红日高高挂
鸟语掠过芳林

人生若如一场垂钓
五湖明月如幡
何愁无处下金钩
钓取鳌鱼鳖鲲
假如两手空空而归
那弯弯鱼钩
钓不住一朵彩云
心往阳关去
身回小渔村

2022年2月5日 晨

盗火之夜

恍惚没有天亮的时候
街灯闪烁
仅是梦魇的风景
那来去匆匆的人流
俨然另一个世界的憧憬

曾经寻觅月亮的情愫
星光划过无为刹那
萤火虫点燃初恋之吻
凝结成堆冰凌
可否融化滚滚红尘中
千古不变的恩准

冥冥之念
我思故我在
何等荒谬的天理人伦
黑暗寒夜
谁点燃一根香烟
奋力冲破地狱之门
那个偷火者
把阿波罗唤醒
熊熊烈焰在天空燃烧
谁伴我与天地共存

又一个不眠之夜
七星北斗
是否就此沉沦
我在茫茫黑夜寻找
那个盗火的人

2022 年 2 月 10 日　武汉

或多偶然

热的风
冷的冰凌
总是出乎意料
像一个梦游老人
走走停停
匆匆某一天
轻敲紧闭大门
吹响静止的风铃

身外彩凤
安知何处飞
凌虚神翼
驿动沉浮的钟情
心怀寒冰
冷却岁月花事
横空如刀
割舍千丝万缕
分不清黄昏黎明
任凭风吹
东湖水西湖冰

或见太阳升起

风渐热
融化冰凌
前方
飞来一只红蜻蜓

    2022年2月19日　武汉

哪里是春天

岸草从泥沙里
破土冒芽
睁开眼睛看春天
小鱼儿从水底
游上水面
呼吸一口空气新鲜
蛙虫准备开口了
刹那间一声惊雷
真的要变天

冬天真的走了吗？
听花开的声音
望南归鸿雁
那群燕儿重返故里
含泥筑巢
明天一窝幼雏
伴蜜蜂翩翩

呵！还是带着孩提
去郊野放风筝

春风强劲吹啊
把半头华发
吹上天

    2022年2月25日　武汉

我对太阳说

您不能休息
没有周末
没有节假日
您要给苍茫大地
永恒的光芒
因为没有替代
不可或缺
您是我们心中
唯一的太阳

今天重云蔽日
您真的休息了吗
还是晚起
或身体有恙
地球人等着您
温暖和阳光
快快来啊！
您是我们心中
永不落的太阳

    2022年3月1日　武汉

一个故事

月亮挡住了太阳
太阳瞬间消失
天地浑然一片黑暗
这是一个
骇人听闻的事故
犹恐！
从此失去太阳

后来神人横空出世
挥手拨开月亮
太阳重放光芒
于是演绎一个传说
如愿以偿

啊！
一次事故
酿成的动人故事
天久地长
世人感谢月亮

2022 年 3 月 2 日　武汉

赶在太阳之前

小鸟的啼叫
没有吵醒太阳
天刚蒙蒙亮
打开门
追赶鸟儿的身影
去迎接太阳

今天周末
太阳是否休息
不陪伴徜徉
假如真的如此
还是独自前行吧
或许
远方还有个太阳

2022 年 3 月 5 日　武汉

乍　暖

早起独行
偶觉晓风渐暖
昨夜月光凉
醒来赶趟春潮
鸟语花香

踏青几处妖娆

远望岸柳
嫩绿拂尘招摇
倒影水波
惹得鱼儿上钩
阵风脱帽
却见白发半头
啊！此日春风
可遇那群童稚
结伴骑牛

  2022 年 3 月 10 日　武汉

柳　色

黛绿透过枝丫
草香诱惑水中游鱼
欲上岸
来一场喜宴
庆贺
到了莺飞草长季节
杨柳岸
漫步欢娱

守望柳絮飘飘
俨然一场雪
在三月的水畔
鸟儿的翅膀

惊艳快乐的鱼儿

  2022 年 3 月 14 日　武汉

偶见油菜花

在路边
独立一隅
不与繁华争艳
淡然面对晓岚拂尘
何必问
那来来往往过客
相逢不相识
匆匆陌路人

欲将暗香收藏
或许有一天
馈予青青同行
倘若风一吹
雨打蕊落
你是否依然
风雨中苦苦等着
前世今生
葬花人

  2022 年 3 月 15 日　晨

风雨劫缘

狂风呼啸
挡住早行者出门
暴雨覆盖
不留一丝空白
空气中充满雨云
东方拂晓
恍惚又入黄昏

风骤雨迷
龙王爷在九天之上
吐一口唾沫倾城
茫茫九派
谁经天纬地
再造万物
呼风唤雨劫缘

此刻!
独步风雨中
谁与同行

2022 年 3 月 17 日　武汉

错　觉

一股又一股暖流
扰动周天灼热
俨然进入夏季
错过!
恋恋春暖花开

昼夜狂风暴雨
雷声滚滚
敲响雨季节拍
雨后寒凉
落萼残瓣满地
顿失春色

漫步丛林草地
冰冷的天
萧瑟的大地
仿佛荒漠秋天
向我走来……

2022 年 3 月 18 日　武汉

静止的曲线

思维乃无休止运动
我思!奈何万物

并非思想之维度
牵引东方日升
转瞬夜幕又落下
星星眨着神秘眼睛
闪闪烁烁依旧

渐入沉眠
连梦境也凝固
大千世界默默无语
或许已经到了
终极荒谬
星光划着纷乱条码
月亮船向我驶近
可否载着我
划向不曾涉足之奇境
或许走向永恒不朽
或许形同陌路
看不见花草芳菲
除却没完没了

一根剪不断的
千丝万缕
或许再不会
把世界依依缠绕
好一个寂静
连花开的声音
凝结成串串冰凌
安知风萧萧
云袅袅

2022 年 2 月 19 日　武汉

感悟行者

早行者忐忑
天亮太晚
恍惚梦游
看不见脚下的路

好梦者犹恐
天亮太早
极乐奇境
醒时难得步蝶寻幽

跟着月亮走
摘一颗星星珍藏
更添寂寥

伴阳光远行
何惧山遥水阔
岁月不朽

2022 年 3 月 24 日　关山

寄语太阳月亮

太阳静悄悄
照在窗外

没有一点喧嚣
那只扑腾的野鸽子
飞向阳光
试着倚白云为伴

安谧时闭上双眸
不看窗外
风吹绿叶飘云凌乱
关上半片窗帘
让半缕阳光射入
一半温暖
另一半阴凉
暖凉无声无息转换

可否把一半阳光
寄存夜梦中
让阳光点燃半边月亮
从此那月中嫦娥
不再冷落寂寥

2022 年 3 月 26 日　武汉

绿叶如衣

一树花谢了
换来满身绿叶
宛若新娘的嫁衣
迎风摇曳

记否那个秋天

徜徉山峦
看万山红遍
叶渐落硕果累累
满眼秋色

从春天走向秋天
花叶散尽
一步一步走向萧瑟
恍如那个
花枝招展的嫁娘
踏遍青山
是否花颜依旧
绿衣红袖相悦

2022 年 3 月 29 日　武汉

收　藏

天地轮回中
从未停下一秒思索
酷似那个行者
脚步匆匆
走遍天涯海角

或许目标的终点
将是万物的至善
梦见终极辉煌
从远古走来
步履蹒跚

追寻太阳的猎人
在水边捞起月亮

天上一个太阳
水中一个月亮
问君如何收藏

   2022 年 4 月 7 日　关山

柳　絮

眷恋那场白雪
忍住抽丝剥茧的阵痛
在阳光下
演绎纷纷扬扬的盛典
在春风中
亲吻圣洁纯净的笑靥
又一次伸延时空
聚集冰雪凝聚的斋宴

繁花似锦簇拥
芬芳点燃碧绿的田野
眺望一<u>丝丝</u>
轻盈曼舞柔条纤叶
相守一片片
宛若翩翩而来的白蝶
呵！再续几回
鸳鸯蝴蝶梦
依稀重返白雪飘飘

伊人踏雪寻梅
真是人间好时节

   2022 年 4 月 8 日　武汉

黎明不必守候

天总会亮
哪怕你在酣睡
还是在夜色中行走
鸟儿呼唤早行人
多少个黎明静悄悄
问君如否？

何必早早起来守候
太阳的脚步
无人阻碍得了
天行有常
总在你意识之外
百折不挠
偶尔抬头远望
依稀可见七星北斗

天空中鸟儿在飞
莫道君行早
月亮走你也走
智者！
总是跟着太阳走

   2022 年 4 月 9 日　武汉

月亮的秘密

为了等待太阳
煎熬了一个又一个
漫漫长夜
无寐
星星追随终老
流尽了最后一滴泪

春雨绵绵的日子
太阳无期隐蔽
一天又一天空守
箴言此生无悔
直至看见
流星燃烧成灰烬
你是否想过
撤退

那么让我乘上
你的孤舟
去更遥远的东方
迎接太阳重生
看海鸥翩翩
翱翔
海天之间
太阳焉能沉睡

2022 年 4 月 10 日 武汉

师之忧

惯以师者之名
舞文弄墨为食裘
口悬河
可使乾坤颠倒
是非黑白
此生无悔无休
天地转
遥看星河不朽

言为欢
学习快乐追求
先哲圣人
常怀浩荡坦途
童颜韶光
终是人间最好时
少年青葱
正向明日作豪酬

问吾师！
指点天地沧桑
正道自由
还是将天真无邪
引入歧途
师之问
心之忧
何时携手

同上诺亚方舟

或是去约会月宫仙娥
迟迟没有归来

  2022 年 4 月 12 日 武汉

  2022 年 4 月 19 日 武汉

酣睡或醒来

枯叶的宿命

夜已不太漫长
梦境总是半路断开
黎明与梦幻分手
鸟儿翅膀
颤动新生的节拍

参天大树
伸向苍穹何等繁华
一夜春雨冲刷
瑟瑟秋风摧残
枝丫在雨中摇曳
枝叶在风中呢喃
纷纷扬扬
几多随风飘远
几多坠落泥潭
雨亦疯狂
风亦骤然

太阳或升起
或在云端保持沉默
其实与梦或醒无关
它只会产生
冷或热

清醒的独步
也许不及梦境欢悦
哪怕仅是一瞬间
心灵深处
那只天然的精灵
闪闪烁烁飞向理想国

老叶朽矣
新衣渐上枝头
好一派风光无限
新枝新叶婆娑
老丫老皮凋零
随风而去叹迷惘

你还是在梦境中
酣睡吧
今天的太阳
沉沦在茫茫云海

谁在吟唱
大风歌
随风千万里
化着尘埃更护花

翌年春来早
一片新叶
一朵鲜蕊
何等韶华
何等璀璨

2022 年 4 月 23 日　武汉

鱼儿的梦

在绿荫丛林
寻思鸟儿的呼唤
悄悄前行
不要惊醒水底
鱼儿的绮梦
楚楚动人

仅是几秒的记忆
世界在心里
没有半缕贮存
每天看到崭新的天
如此湛蓝
每晚望见星和月
从不沉沦

就伴那鱼儿
自在游去游来
一切皆不入
记忆之门

从此伊见一个
美丽的世界
管他丽娘是旧欢
萧郎是路人

2022 年 4 月 24 日　武汉

听风雨云端

雷鸣电闪
惊悚了阑珊夜色
晓雾浓云
聚集起雨林水泊
再来一场暴风骤雨
把天地洗刷干净
如冰一般冷静
如雪一样洁白

风中，云横苍茫
雨中，鸟儿羽翼轻拍
向着远方飞翔
安知东南
或西北
还是直往云端

纵然分不清东南西北
向着遥遥苍穹
也许可以直达天堂
那时，稳坐云端

听风语

任凭雨儿诉说

2022年4月25日 武汉

黎明亦如黄昏

黑暗与光明交错

黎明悄悄到来

假如没有太阳

浓云薄雾中

依稀哪见楼台

亦如黄昏的背景

小鸟乱飞安知归巢

花儿早谢了

剩下一树绿叶

风中轻轻摇曳

千姿百态

或许暴风雨

就要到来

不必等待太阳

暮春正在远离

那个踏青少年

渐渐消失在茫茫人海

2022年4月28日 关山

等红包的感言

日夜在手机屏上寻觅

总会有意外发生

那满天飞的红包雨

何时飞向你

顿感收获万千

此刻多少痴情男女

恰如守株待兔的村夫

渴望红包坠落瞬间

或是黄粱一梦

值得赞美的天缘

或是天上掉馅饼

当心碰坏脑瓜

你还在守候

他依旧苦等

那群少男少女

天真无邪

从初恋到苦恋

时光如梭天不假年

到头来是否还是

两手空空孑然一身

独自终老此生

2022年5月5日 关山

清与浊

一条清清小河
两岸柳绿浪静风和
未闻夜雨骤降
拂晓却见水浑流浊
悄悄然无声无息
借问流向何方

你我心中
皆有一条河
他人安知清浊
那满脸笑容可掬
或多杂念暗藏
那半身风尘仆仆
或存童心崇尚

呵！伊见君子
奈何同行小人
熙熙攘攘天下无双
试问！尔等心中
一泓波澜潮起潮落
是清
还是浊……

2022 年 5 月 8 日　武汉

颠　覆

顺着，世界安逸
风沿着设计线路吹
雨按时飘下
按时收尾
阳光温暖了脸庞
月色渗不透双腿

梦见太阳西起
东海冰封
喜马拉雅倒灌海水
夏季突变为冬天
水仙花凝结成冰蕊

真的江河倒流
时轮向后退
啊！欢天喜地
一夜回归纯真童年
推开古老的家门
第一个遇见谁？

2022 年 5 月 15 日　武汉

安静如鱼

看那潭池水
风雨中波澜不惊
云在心底徘徊
跳不起半片浪花
未曾忧伤
无谓欢欣

俨然一条鱼
在水波里游去游来
浮出水面窥视
天空涌动的流云
沉入水底
聆听泥沙的声音
伊思！
何时长出翅膀
向上飞腾
飞往无边苍茫
从此与风为伴
与云共生
自由自在的心思
自由自在的身

2022 年 5 月 23 日 武汉

那只鸟仔

在柳树上跳上跳下
从水波上掠过
何等畅通的情怀
无垠天空任凭翱翔
是否舍不得离去
那倚云唤雨的楼台

期待某日
蓦然一飞冲天
云因尔生雨为你来
风雨中
俯瞰一叶轻舟
在波涛深处追逐
朦胧一片帆
为你徘徊

2022 年 5 月 30 日 武汉

(四)若请时光等候

闲　步

天下大道
岂止用脚步来度量
穿不透红尘滚滚
望不尽山高水长
伫立山之巅
在水一方

独自阡陌的日子
听鸟轻轻歌唱
回望四野
竟不知此地他乡
还是故乡

偶见流云飘过
是否带走了
牧童短笛
还有春色红妆

　　　　2022 年 6 月 7 日　武汉

心外乾坤

天骤暗
百鸟顿失声
曾为逃避风雨
躲进后店前村
由此可安惊悚的心
流动的身
云飞天地外
世外好乾坤

待到云开日出
百鸟驿动
灼灼阳光江湖沸腾
琼楼千万丈
尘心似海深

安知天涯何处
可放下
这颗硕大的心
渺小的身

　　　　　2022 年 6 月 8 日　关山

与太阳比热

走在阳光下
何其自豪
纵然骄阳似火
六月的天空
白云焚烧成红霞
谁在黄昏里遁逃

欲与太阳携手
把人间尘埃烧成灰烬
化作一股烟
何吝赤地不毛
好一个红彤彤的世界
今夜
谁与月光赛跑

莫怨连日高温
汗水湿透长袖短袍
待到冰雪降临时
谁搂着太阳
亦笑当哭
堪叹！投之以李
报之以桃

2022 年 6 月 9 日 关山

如果星球

弥漫苍穹
熙熙攘攘无数
假如有一天
重重叠叠簇拥
不撞碰出火焰不休
你是否遁入云海
躲猫猫

可曾相聚太久
假如有一天
星星纷纷逃逸
仅留下一个空空地球
何其孤独
甚至听不见一声星语
连月亮也沉睡魔咒
啊！你是否
展开翅膀直上凌霄
寻寻觅觅
或化作一朵流云
梦游

2022 年 6 月 10 日 武汉

(四)若请时光等候

行者的天空

天下万物
皆可流逝能动
何求永恒
一花一草春秋大梦
留不得春雨
挡不住秋风
蝶恋花
蜻蜓点水
皆伴流光渐向东

行者
无一眷恋止步
行程匆匆
天涯海角路远
伊对一片云
来时霞辉万丈
去时两眼空空

2022 年 6 月 14 日 武汉

期待听蝉

杨柳枝
绿透了炎夏

那一窝鸟仔离巢
稚嫩的翅膀
独自遨游天下
骄阳似火
瞬间把天空点燃
彩蝶满天飞呀
谁在绿荫下寻蝉

蝉儿睡未醒
梦在天涯
何时化茧成蝶
享受红尘火与冰
皑皑圣洁焚情璀璨
片片绿叶
也将落地成泥
生死惘然

回看绿柳依依
任和风吹拂如帆
伊人风中伫立
期待听蝉

2022 年 6 月 16 日 关山

躲避的热点

一步一步走近
酷暑，难逃的情劫
昔人言：躲过初一

终躲不了十五
灼灼热流
问君何处安歇

普天之下
太阳！统治一切
谁能逃逸
无人胆敢躲避
阳光的热点
所有的星星之火
皆可幻灭
哪怕那静谧的月亮
也无法绕过
太阳的余焰残羹

问君试图
某个没有阳光的日子
徜徉在黑暗中
偷偷地乐

2022 年 6 月 26 日　武汉

一场雨的妄念

雨后，杨柳伸出垂条
青松挺直腰杆
在晓风中频频点头
庆幸
烈日终于休假

告别灼热没完没了

那群焦灼的麻雀
暂时不成烧烤的鸟
迎着凉风飞啊
发出一阵阵欢笑
忘却太阳
依旧在另一片天空
燃烧！

倘若化身鸟类
且作鲲鹏
展翅九万里凌霄
离开
这个忽冷忽热的星球
在苍茫寰宇
恣意扶摇

2022 年 6 月 28 日　武汉

手和脚的苦旅

双手打天下
岂是匹夫之勇
胜者的王冠
焉能头顶上恩宠
低眉眼前的路
延伸咫尺长

（四）若请时光等候

用脚步度量人生
凡身多坎坷
几度春秋大梦
踽踽独行
分不清冬雪夏雨
某个落花时节
与伊相逢

劝君！
莫辜负双手之劳
双脚磨破旧履
蹒跚而来
十指相扣并拢
抬头
仰望星空
一颗流星坠入脑海
埋下宿命的蛊种

2022 年 6 月 29 日　武汉

让脑子一同旅行

身体已运行
脑子却留在原地
风不停摇晃
依然幡动心不动
君不见！昨日风景
枕边萦绕橙黄旧梦

恍若古老的山河
千百年不改姿态颜容
说什么沧海又桑田
梦里乾坤大
醒来万事皆空

假如！
让脑子一同旅行
或可进入明日的天空
群星灿烂何其美妙
不必为太阳独自吟诵
倘若有一天
乘上诺亚方舟
或可找到更加绚丽
——春秋大梦

2022 年 6 月 30 日　关山

连　线

把天与地连接
任凭风吹
不断线
每一粒雨
都在轻轻敲击
心动的鼓点
每一丝线
从未放弃沟通
哪怕红尘苟且

终将等到太阳
从云缝冲出
莫名其妙
陌生的笑脸
俨然伪装
不如让雨水洗刷
一张苍白面皮
定格在雨季
在夏天

2022 年 7 月 5 日　武汉

鱼如离水

波涛万顷
任凭遨游四方
天在眼前任云飞
百舸争流
唱一首古老渔歌

倘若离开水
何处安身吉祥
或作泥沙一粒尘
可怜庸人锅底
腥腥一碗汤
几曾感叹！
好一个世态炎凉

滔滔江湖水

安能给汝翅膀
天上人间
任凭自由翱翔

2022 年 7 月 10 日　晨

大江流

几度夏雨狂风
心往大江流
巴山蜀水出川关
直奔吴楚来
风云际会潇湘
独驾偏舟子
穿越！
无数大梦春秋

太白无缘酣醉
陶令乐笙箫
乘风直向江东
或见红袖招
吴王试剑寻幽处
遥望黄鹤楼
闲云悠悠长夏
唯倚大江流

2022 年 7 月 14 日　晨

热风颂

迎着热风
去为太阳而歌
心之向往
天上九日欢聚
大地何其辉煌
燃烧吧!
芸芸众生
纵情炽爱的沙漠

可恨后羿
不可宽恕的罪过
半弯神弓
箭射火爆的会盟
劫缘斗兽场
时空轮回如梦
欢呼啊!九日归来
重塑生之伟大
死之荣光

为了心中的太阳
何惧以死相报
重如泰山
谁做谶言天殇地殇
譬如凤凰涅槃
烈焰汤汤
热风!

更强劲吹啊
凡身且作火凤凰
灼灼其华
为太阳而歌

2022 年 7 月 15 日 晨

超越信仰

时空轮回
没有任何阻挡
万物荣衰
仅是季节的过往
莫叹!
来也匆匆去也匆匆
谁能把握岁月的轮轴
无语话沧桑

分不清世俗或洒脱
强者无敌
却无法在岁月之渡
寻得逆流的山塘
弱者不善
岂可由命随风
沉溺于时光之河

呵!看尘缘
熙熙攘攘
皆为功利来往

何谓蹉跎

有朝一日逗留

煮酒三杯

哪怕

青丝白发偶遇

耄耋红颜同醉

恍惚漫步曲径禅廊

南无阿弥陀佛

普渡慈航

2022年7月19日　武汉

天之谶

真的长出翅膀

直飞往凌霄九重

把五百年前的故事

复制成一个模块

去映射下个五百年

几多新款乍现

几多旧事重逢

难道突不破天网

找回梦游圣境的仙童

世事无常

或许一万年太久

恍惚刹那间

沧海桑田轮回

安知异类非雷同

天地暗

天狗食日

电闪暴雨狂风

问天！

岂止神人谶语

星星相撞

月儿碎片纷纷

太阳沉没

夸父酣然入睡

后羿弯弓

2022年7月30日　武汉

低　调

吹气球的小孩

又一次把气球吹破

哇哇大哭

惊醒昏昏欲睡的众生

以后别吹了

宝贝！莫哭

给你买个小喇叭

调到最低音

直至无声

小孩不哭不闹了

从此小喇叭轻声细语

恍若呻吟

众生好好睡觉

好好做梦
梦里皆为坚强人
四周交织和谐鼾声
虫儿飞去飞来
好不天真

太阳升起来了
依然如昨
不要任何原因
纵然灼热
熬过去
就是秋天
还有冬春

呵！再也没有听见
小孩的哭声

那个盗火的人
故事写到图腾之夜
好想重请后羿
粉墨登场
再拉一次长弓
从此与太阳告别
彻底了却狂热
仅留那几颗星星
半边弯弯月

从此以后
所有的梦魇
都删除了太阳的影子
还有关于太阳的
想念

2022 年 8 月 8 日 武汉

2022 年 8 月 3 日 武汉

太阳的童话

太阳的光芒
终于阻止无畏浴火者
重生！或成童话
等待太阳沉没
星星的眼睛
把又一个梦境
轻描淡写

燃烧快乐

把一团火浇灭
掏干了江河
鱼儿在泥巴中叹息
殃及池鱼
并非都是城门失火
苍天放过谁
难道真是
月亮惹的祸

月亮默默无语
前日七夕
鹊桥无端硝烟弥漫
织女的手
没有牵到牛郎
多少柔情多少泪
一起淹没太阳

太阳依旧高悬头顶
熊熊烈焰焦灼
如果你夜不能寐
那么，就把月亮点着
这个梦魇
竟成燃烧快乐

2022 年 8 月 9 日　武汉

一棵树的故事

耸立
或可直上凌霄
与云朵做伴
傲视脚底沙尘
倒下
却不能入睡
梦魇惊悚忐忑
再也摸不到白云
倘若编撰故事
枝节且待延伸

没有完美结局
日渐腐朽化作泥土
仅剩过程
倘若添为柴火
在冰雪皑皑的冬夜
点燃
最后一次温暖过客
或是陌生人

2022 年 8 月 19 日　武汉

鱼儿的宿命

天生万物
本为水中一游僧
游去游来
安知何方梦圆

庆幸！
伟大的七秒
记忆仅限刹那间
红尘千万里
缘由渺渺无边

倘若顺水而下
游历江湖
归大海
与鲲鳌同步
凤凰涅槃

乃此生不朽辉煌
与日月共天

假如，偶遇食客
一网一垂钓
成为凡人口中仙
啊！遗憾终身
但愿食者皆尊贵
莫负了
云游苍茫江海
锦绣流年

2022 年 8 月 24 日 晨

水岸一群白鹭

浩浩江涛渐远
秋水澄清
碧草萋萋逶迤
一群白鹭
翩翩起舞弄影
何等欣欣

远望
秋雁将南飞
去往阳光温馨
那里木棉花璀璨
荔枝随风摇曳
疑似旧时

飘逸红纱巾

这群白鹭
从未思南迁
纵然雪花纷纷
水草枯萎
不离此水岸
云淡风轻

2022 年 8 月 25 日 晨

放　下

嗥鸣一只鸟
独自蓝天飞翔
天涯万里路
不知疲倦
直至羽毛脱尽
赤条条高挂苍茫

耸立一古树
任凭风暴雨狂
多少回雷鸣电闪
剑雪刀霜
终究某一天
枝枯叶落
蝉化泥蝶飞走
雁儿去远方
依然独立风雨

竟忘却
遍体鳞伤

何不！鸟栖林
树眠卧
不计世态炎凉
抬头望
月如钩星光闪烁
那只孤舟
帆放下
听浪涛拍岸
好动人的音乐

2022 年 9 月 1 日　武汉

人间好秋光

青青草儿
经历一季连一季酷热
日渐枯干焦黄
雁儿别了蛊惑春梦
向着南方飞翔
去寻找荔枝黛绿
嗅一嗅秋海棠

何曾心藏猛虎
远离了魑魅魍魉
望河清海晏
好一个太平世界

相守鸟语花香

唯愿！这个火热秋天
梦醒时分桂花香
不要问天凉好个秋
看万山红遍
霜叶迎风轻歌曼舞
疑似嫦娥举袂
人间秋光胜春光

2022 年 9 月 8 日　武汉

迷　失

水静平躺
无波亦无澜
没有半丝漪涟
牵挂浪花
鱼沉江河深处
望不见云朵
款款南飞雁
今欲何往
那个早行人
依然独自匆匆
没有目标
没有行动的方向

2022 年 9 月 15 日　武汉

(四)若请时光等候

若请时光等候

岁月没有等我
青山依旧绿
海水依旧蓝
而我
却青丝渐隐晦
华发牵动雪海波澜
蓝月渐远走
暮色带来冷舟半弯
身后，听不见
童话呓语
前方，找不到
少年春衫

追赶太阳
仅收获黑黝黝暴晒
偶见半空
满眼红彤彤
遥望月亮
焉能相遇嫦娥
流星的弧光
照不见水之北
山之南

就这样走走停停
仿佛在此等候时间
假如真的

时间悄悄老去
还我一头少年黑发
我把时间挽留
留在
那个春暖花开季节
风中蜻蜓舞
蝶衣红袖招

若请时光等候
是否？
你还在彼岸伫立
守望茫茫沧海一小船
带着那半弯月
几颗流星
再一次走遍
万水千山

2022 年 9 月 20 日　武汉

徘　徊

并非为了等待
一场雨
从酷夏延至深秋
白露无露
雁儿去了啾啾

也许等到
第一场雪从天而降

在枯干的云霄
化一丝丝雨
随意飘逸
别作多情者
欲说还休

2022 年 9 月 21 日　武汉

黑白噩梦

祈雨宛如一个梦境
在黎明之前
悠悠闪烁数秒
鸡鸣天亮
雨丝戛然而断
晶莹雨滴找不到多少

天遣洪荒
那个古老的传说
早已赠予七星北斗
后羿休假延期
哪管最后一个太阳
暴戾恣睢喧嚣
假如再弯弓点射
红尘终陷暗无天日
谁能忍受得了

呜呼！
何年何月步入绝境

或烈日灼灼
赤焰狂飙
或抛弃最后一个太阳
从此黑暗无边潇潇

俨然噩梦！
要么烈日赤焰
恣意燃烧
要么黑夜茫茫
光明折腰

2022 年 9 月 24 日　武汉

钟楼晓望

直面风雨
直面星星月亮太阳
自此站立之日
从未蹲下
惯看春花秋月
岁月沧桑
不为己悦
不曾喜怒忧伤

昔闻钟声如鼓
朝鸣暮响
轮回往复如常
而今，竦峙山顶
观四野风光

(四) 若请时光等候

不言不语
是否？欲停下步履
独享安康

　　　　2022 年 9 月 30 日　关山

黄叶物语

满地黄叶
被冷雨浸泡
枯槁欲作泥土
埋入岸头
明春花开时
笑看花衣楚楚

时不我待
岁岁年年依旧
昨日美少年
今见白头翁
时光如刀
割了伊之脸
痛了谁之手

踏着黄叶碎片
一步一步向前走
远方依稀听见
离雁声声
杜鹃鸟还在啼叫

　　　　2022 年 10 月 8 日　武汉

共享的感悟

共享了炎夏
漫长持久的酷热煎熬
不易等到晚秋
一夜凉风吹落雁毛
乘着淡淡云朵
候鸟拼命连夜遁逃
那可怜的蜻蜓
再也找不到半汪水洼
玩弄点水的吐槽

假如今夜飘雪
请不要与我分享
凛冽寒冰铸就的戈矛
或许一场又一场冰雪
将冻僵无数岁月的英豪

还是给我春天吧
鸟语花香
桃李风杏花雨
教人回归童话世界
和牛儿一起奔跑

　　　　2022 年 10 月 12 日　关山

匆匆那年

时光似赶路行者
没有稍停片段
无心静看波诡云谲
顾不得水横云乱
来时意如飘风
竟忘却归航时候
几度花开
不问春秋季节转换
匆匆又匆匆
最后是否直达云端
俯瞰大千世界
红尘滔滔
能留下
几朵荼蘼做伴

2022 年 10 月 13 日　武汉

太阳点烟

早起，闲步丛林
太阳冉冉东升
如一个火球
高挂遥遥楼台
鸟语依然

却不闻花香染身

面向太阳
点燃熟悉的香烟
袅袅婷婷
几道白雾升腾
俨然阳光的味道
洒满乾坤

倘若把阳光珍藏
纵然走遍天涯海角
也不怕没有火种
闪耀点烟

只要太阳升起
灼灼燃烧
哪怕山高水远
星星之火
燎原赤焰喷喷

2022 年 10 月 16 日　武汉

梦的光标

迷蒙的天空
依稀下着雨
雨滴没有掉入地面
悄悄地随风吹走
偶听鸟儿啼唱

仿佛唤醒沉眠北斗

黎明的天空
仅是微弱的亮点
太阳还在梦乡
美丽的分分秒秒
何不伴太阳一起酣睡
分享梦里
那光辉的尾翼
仿佛拖住
长长的光标

  2022 年 10 月 21 日　关山

沉眠或修炼

晓寒无露
雨滴驾着云头
徘徊在苍穹
风吹过
树枝挂着枯叶
一半招摇
一半弄怂

恍惚告别阳光
那灼烧的数月释放
也许没有更多能量流动
沉眠云海深处修炼
或可涅槃重生

再一次燃放在翌日天空

倘若沉眠不醒
大千世界何处寻觅
一缕阳光奔涌
你可否点燃自己
贡献一丝光环
还是伴太阳睡去
冥冥好梦

  2022 年 10 月 27 日　关山

奔跑的蜗牛

在时光的隧道爬行
好一个不知疲惫
只要能看到日月轮回
希望之星闪烁远方
怕什么苦什么累

雄鸡一声啼唱
七星北斗无怨无悔
双手托起太阳
冉冉上升
但愿阳光下
与那群奔跑的人
欣然相会

伊却一往无前

无心观赏风和日丽
等到四野静悄悄
前无古人后无来者
你是否感觉
特别苦特别累

2022 年 11 月 1 日　关山

陌生的自我

来来往往
路依旧漫漫伸延
擦肩而过
竟忘却曾经红颜
山纵横水霖霖
多少回梦里
相遇那个翩翩少年

梦日渐消瘦
路通向天边
千百回寻寻觅觅
找不到那张熟悉的脸
乍近湖岸徘徊
忽见波澜
映射老旧的须眉
如此陌生

2022 年 11 月 2 日　关山

没有一片树叶掉下来

入冬，不见冷意徘徊
阳光灼灼
岂止小阳春的节拍
恍惚峰回路转
暮春入夏
好一派盎然火热

哪怕光秃秃躯干
晃晃悠悠赤裸裸枝条
随风摇摆
若如僵尸跳蛊
道貌岸然千姿百态
纵然无人喝彩
一阵强风嗖嗖吹过
尔等巍然不动
没有一片树叶掉下来

2022 年 11 月 11 日　关山

空白的思量

人间美景
恰似韶华如歌

瞬息即逝
望一江东流水
波澜万里向大海
迎接海鸥
直往九霄云外

几回无心欣赏
好梦随风飘移
春之花
夏之荷
秋雨秋风中
独自踯躅荒芜
寻觅雪花的记忆

假如冰雪覆盖
天地皆为空白
一切回归原始
你是否
还在苦苦思量

2022 年 11 月 16 日　关山

边　界

在地缘的顶端
画一个圈
作红色标记
生灵的脚步踬踬到此
站稳脚跟

观望四野茫茫
回转，莫向前造次
普天之下
没有预演的游戏

谎言！
一场游戏一场梦
一切都是现场直播
没有回放或斗气
蓦然到此闲游
纵身一跃万丈深渊
问君是否一切放弃
记否那个誓言
不离不弃

总有一天走向顶端
走到临界点
回头！哪怕找不到
来时记忆
归程，或许柳暗花明
暗香飘逸祥云紫气

2022 年 11 月 27 日　关山

小雪之后

一场小雪
没有留下半丝余痕
随风而去

冷了白云凝结
月光惨淡的冰颜
星星闭上沉思的双眸

最大的安慰
是迎来翌日之后
一道骄阳
在冷风和冷雾中
乍现妖娆
穿过重云冷浸的封锁
照亮归程的
最后一道小桥

小鸟在闪烁的波光中
遥望
仿佛呼唤大雁返航
燕儿娇艳的歌喉
也许，当看见天空
姗姗来迟的身影
春天正悄悄走近
第一缕梅香
直扑久闭的琼楼

2022 年 12 月 2 日　关山

匆匆来回

在匆匆时光里
寻找一个空隙

压缩身躯
恍惚钻进二维空间
让大脑变成一张白纸
无思无欲何等安然
甚至白天黑夜
风花雪月
任其无谓循环

所有的记忆
随风吹走
遗落在冰川里
冻结成冰山
待下一季春光明媚
从冻结中苏醒
是否还记得
来时匆匆路远
归程开满
火红的杜鹃花

2022 年 12 月 8 日　关山

渴望阳光的蜻蜓

冬天的翅膀
早被冰霜冻结
翱翔仅剩一种奢侈
拂晓的阳光
送来一丝柔情
多少人颤动不已

总想飞向蓝天
去迎接春天的新娘
温馨不分彼此

梦之蜻蜓
依然在天边飞
阳光灿烂的羽翼
只要迎来春天
哪怕翅膀无数次拍打
坚韧厚重的冰凌
展示生生不息之气势
迎着寒风翱翔
把太阳的后裔转移
朗朗乾坤
漫天飞舞红蜻蜓

2022年12月13日　武汉

唤　醒

天把脸哭下来
云沉雾绕
安知谁欠了它
几升几斗
还不如来一场雨
或一场雪
堵住芸芸之口

倘若还有一点人间温情

那就升起一轮红日
普照大地唤醒春潮
当大雁飞回之时
唱一支春之声
弥漫四野春风袅袅

2022年12月20日　关山

人之初

天生万物
荣或衰乃个寻常
芸芸众生皆苦
正是圣君入世时
叹花开花落
念山高水长

世间风景无穷尽
三十年河东
三十年河西
一曲红尘欲断肠
挥手从兹去
亿万黎庶可依谁
圣君穹顶遥怜
何时再补苍天方
弹指冬寒散尽
送大地暖暖春光

人之初

皆为真善美
衍生一代又一代
无限流量
今看沧海桑田
知会天翻地覆慨而慷
梦在天涯
凤凰涅槃贺重生
几度风雨
几度沧桑

何不一齐动手
再造新的光和热
借宇宙一颗恒星
收藏后羿的神箭
就此点燃
每个生灵心中的火焰
那时,你就是宇宙
你就是太阳
你就是天

2022 年 12 月 26 日　武汉

2022 年 12 月 29 日　关山

你就是天

太阳休假
不知多长时间
不必向谁申请
更不用审核画圈
这里,他就是一切
他就是天

阴风冷雾
伤痛了万物
苦了芸芸众生
雨雪就要降临
或许,还会梦回冰川
等着太阳回来
你是否望眼欲穿

(五）寻梦漫游

贝壳虫

背负沉沉的硬甲
是此生不弃的负重
踽踽独行于
原野,山峦,大海
几曾独赏红尘的美丽风景
从未听到歌者引吭吟诵

不如脱去此身硬甲
赤裸裸在阳光下自由行动
倘若成为强者的美食
亦如牺牲写进史册的小虫

重获自由已是遥遥无期
唯有企望向远方进攻
期待攀登高峰的日子
赶上一场熊熊山火
焚烧成一只永恒的雕塑
伴那火红的晚霞缓缓升空
升入天堂
但永不祈祷
世间任何虚无的供奉

2018 年 3 月 6 日　晨　关山

伯乐相马

这是一匹
横空出世的骏马
却只降生在
世态平庸的草原
成群的牛羊
已属千古不变的宠爱
马儿剽悍
只是牧人脚力的极限

偶尔抬头
望苍鹰展翅
伴白云笑谈
夜梦长出神翼
翱翔蓝天
惊叹浮云神马

拂晓醒来
依旧一匹
可爱的俗马
主人呼唤
又踽踽蹉跎在
青青草原

谁是大梦远方的
伯乐
何时到来

(五)寻梦漫游

执吾之缰
驰骋千里荒原
为了初心梦境的
超越
向着彼岸
奔跑在迢迢
锦绣江山

彼岸阳光温馨
群芳璀璨
飞奔！飞奔！
期待翌年
完美战胜
四十九次劫难
总有一天
走向极乐的
辉煌灿烂
啊！
伯乐，伯乐
梦里正牵着
千年骏马

2017 年 9 月 13 日 晨

穿越丛林的老者

太阳还没有升起
双脚却已踏上逶迤山路
踩着荒草露珠
走向未涉足的丛林小道

恍惚回归远古
在闹市的角落
竟存渺无人烟的暗壑
眼前
废弃的乱坟岗
早已不见枯骨墓碑
四周长满青青野草

乍然蹿出几只野狗
追逐嬉闹
在这喧嚣的都市
野狗自营一个安乐窝
何等逍遥

一群小鸟飞来
领着沉默的脚步
走下荒坡
步入乱石嶙峋的郊道
原本宽阔的林荫路
却变成沟坎蓬蒿

豁然抬头
一轮红日正东升
霞光如水滔滔
恰如老树
耸立嫩芽荒草
转弯处
偶见怒放的山花
栉风含露

倘若
沐浴阳光下
可否？枯木逢春
重回青春几度

   2018 年 4 月 3 日　关山

垂钓童子歌

拂晓偶梦
梦作稚气童子
俯首骑牛
倏忽
垂钓杨柳湖畔
山形逐浪漂移
水波横流

梦醒时分
漫忆青葱岁月惆寥
独往水岸
折一秆青竹
剪接软线系垂丝
铁钩穿蚯蚓
雁翎做浮漂
抛钓竿于河面
钩沉水底
静候鱼儿作俘囚

好一个垂钓童子

俨然别了牧童骑牛
刹那间化身仙翁皓首
安谧于平波微澜
笑看江湖鱼虾游

若如姜子牙直钩河上
波澜依旧
可谓正人君子
愿者上钩
我笑姜尚老朽
何曾悟透玄溟烦忧

倘若
此刻青竹一枝
浮于碧水清涛
一丝不挂①
此乃旷世天高
叹世间万物常流
浩渺苍茫似梦游

啊！垂钓童子
可曾洞穿红尘万丈
一丝不挂
伴太阳、月亮、星星
神游……

   2017 年 8 月 10 日　晨
————————————

注：
①《楞严经》："一丝不挂，竿木随身。"
宋·黄庭坚《僧景宗相访；寄法

王航禅师》:"一丝不挂鱼脱渊;
万古同归蚁旋磨。"

春风中
那一片落叶在哭泣

柔柔春风送来十里花香
亭亭春树在阳光下芳华灼烁
鸟儿去树丛筑起暖巢
孕育下一代岂止人类独有时尚

迎面而来随风坠落
那片秋天的黄叶
竟然枯萎在烂漫的春光
再也看不到
一日春风扶摇而上
与星星月亮合唱
凝神谛听
那一片落叶在风中哭泣
流下最后一滴泪
滋润春雨
汇入波澜滔滔大江

目送那一片落叶随风而去
伊人竟不知
去追逐一代芳华踪迹
无语问花落
天生万物如同这滚滚洪波
世世代代无穷尽

荡涤人间多少浑浊
春风问落叶
知谁相伴
去原野踏青
步入高高的楼阁
摘一片浮云相送
一世繁华如同这漫天云朵

而今看不到月亮的身影
也许那一缕清冷的白光
正在把风中的落叶埋葬
莫叹春山暮
万流归宗,生生不息
亦如生命之歌
是否?如同这一片落叶
随风而去
却迎来满树绿叶琼枝
随风招摇
把新生的希望
留给下一个节目
哭泣!亦如春风春雨
流淌着下一季花香

2018年3月26日 晨

大悲若喜

缓缓的朝晖
被那一堆厚厚的云层

覆盖
顿失骄阳
大地却期待一场雨
已是暮春
雨水滋润万物茁壮成长

一双老翼
停滞在枯树残枝
再也不能飞翔
那新筑的暖巢
两只蛋蛋渴望破壳
新生代鸟儿
就要去天空拥抱云朵

长江滔滔直奔大海
摧毁枯朽几多
谁感叹无边落木
再上琼楼
望不尽千古大江

昔在波澜之上
遥听大悲歌
风萧萧 水渺渺
望日出东海
喜迎万丈阳光
伴风放声歌唱
看水潺潺高涨
大千世界
何处寻觅自我

2018年3月29日 关山

戴着面纱采樱桃

如幻如梦的笑靥
禁不得灼灼阳光沸腾
悄然戴上面纱
恍惚感悟朝露滋润

如云如水
徜徉波澜深处
直面出水芙蓉楚楚动人
暮春时节谁相伴踏青而去
凝望弯月娥眉
双眸静似镜

采撷，让落花结出果实
贮藏在心灵之门
殷红如血
流淌着生命的美丽风景
炽热如火
燃烧在韶光旅程

假如有一天
欣然摘下面纱
灿烂阳光照亮远方的彩云
江南已是莺飞草长时节
满目芳菲
飞去飞来飞满天
何等醉人

那柔柔的轻纱
随风飞上云霄
飘去飘来化作一片彩云
倘若凌驾彩云的翅膀
与君携手彩云之巅
凌波漫步
无限风光在江南

2018年4月24日 关山

点燃一支香烟

天未亮
晨梦追逐寒冰
醒来
亦如漫漫长夜浑冥
点燃一支香烟
推开窗棂
吐一口烟雾驱散黑暗
迎接新的黎明

香烟点燃了太阳之火
好一个艳阳天
朝晖划破迷津
久违的鸟儿
沐浴霞光翱翔欢鸣
高飞向东方
可否飞到太阳的故乡
温馨娉婷

刺骨的寒风
在天空下肆意纵情
行人匆匆而去
谁与霜冬共欢娱

迎着霞光
燃起香烟如火如荼
坦然张口吐出
悠长而深沉
仿佛呼出百年的苦涩
千年的寒冰

深深吸一口
霞光雾霁
纵使万道虹霓
舞动玉洁冰清

可否？
点燃新世界的焰火
温暖世人冷酷的心

2017年12月20日 关山

还有多少山水相逢

漫无边缘的世界
走过山水千重
多少风景转眼逝去
还有多少山水相逢

来自荒漠去往空蒙
寻遍原野难觅仙踪
却在回首的刹那
前方吹来凉爽的晚风

来不及杜撰完美的结局
断桥隐约凌驾绚丽的彩虹
无言的告别送给秋雁
匆匆南飞带走夏雨芙蓉

2017年7月2日 关山

汉水边一树花开

昔年种柳
汉水之滨
仿佛在江南

今往汉水边
不见绿叶柳絮
却见一树杏花

柳已垂老凋落
在汉水之滨
不谙哀词悼文
天之殇
情何以堪
北回 一行大雁
水之南

遥望天蓝蓝
白云生处
寻觅旧时归帆

杏花如雪
依汉水而泛波澜
望春鸟飞去飞来
娉娉婷婷去谁家

趁此春光正好
寄一行大雁
逆流而上
去寻觅汉水之源
向北 往汉中
梦回秦岭之南
横亘中华分南北
秦时明月汉时关
可曾遇见柳絮漫天
峰峦之巅一树杏花

莫叹春暮荼蘼
一树花开
花开花谢
飘去飘来落谁家

2018年3月28日 关山

汉阳树

仲夏,在匡庐
伫立含鄱口
远望,云开渐见汉阳城
汉水之滨
凌风傲立汉阳树
那是千年古树
侍卫千年古城

多少岁月风雨
霜刀雪剑
割断豪雄落纷纷
万顷波澜
从北逶迤而下
汇入万里长江
任凭浪涛向东奔腾

曾浮游天山之寒冰
来自雪域高原
去东方寻觅
太阳的梦想与光荣
曾沉没楚侯之鼎
敲响悠远的编钟乐章
舞动八百年楚天风云

此刻
再挥不起越王之剑
吴王之矛

千锤百炼终沉寂
万物皆流不见君
遥看残月几轮

却傲然屹立
汉水之滨
参天古木森森
呵!汉阳树
千秋万古今依旧
汉水之魄
长江之魂

2018 年 3 月 12 日 午

回归原始的野餐

美酒佳肴肉粥鱼饭
早已备觉无味
甚至于饕餮大餐
梦里几回原始
伴祖先茹毛饮血
依存野草藤蔓

那时的我身高八尺
浑身长满毛发
相邀一帮伙伴
棒石渔猎
做一顿荤腥午餐
或随身裹叶衣美女

采摘青果笙花
吮吸红尘芳菲
日暮醉卧树屋洞穴
拥抱自然

而今
山珍海味无欲
几处烟火人家
期待那一天
火箭，飞船，网络
原子弹
把人类打回远古家山
我们再携手冰河
漫步侏罗纪公园
与快乐的恐龙
一起享受最后的晚餐

2018 年 4 月 25 日　关山

金　玉

向往那个雨季
独自朦胧西湖
一湖烟雨
湿了旧时春衫
好想遇见
那个踏青少年
在岸边踌躇折柳

白娘子的梦

永远锁在雷峰古塔
此生不再相与
许郎的脚步
淡忘了断桥残雪
那水漫金山的大潮
泛滥苏堤
从此水天沧沧
寻不到驶向远方的帆影

若许情愫
了却红尘百年楚囚
几回红衣舞雪
流星的眼泪
为自由而羞涩
谶语良缘今生
岂知来世木石之盟

西湖的水
潮起潮落
是否送我
欣然去钱塘

今夜
让漫天大潮
呼啸而来
滔滔而歌
带着我
轰轰烈烈而去
不枉来红尘
潇洒一轮回

2017 年 5 月 26 日　关山

菊花茶

盛开的季节
寒冷取代了温馨
端坐窗前
犹闻暗香弥漫
醉了尘心
加热吧！滚烫的开水
做一次涅槃
沸腾重生
在一点一滴的柔情里
奉献了终身

已然忘却春花秋月
恋恋红尘
迟早就此告别
但愿不在秋风萧瑟寒夜
漫山遍野
望不断凋零的红叶

但愿走向黎明
在雪花飘飘的清晨
远方
依稀可以听到
爆竹喧天
漫天的雪花
飘逸着纯洁的芬芳
伴随你
一起走进春天

仅只为一杯清水
做了永恒的牺牲
此身的洁净
犹胜清荷
出污泥而不染
荷花终将化作污泥
菊花香
却迎着漫天风雪
飘逸在人间

2017年6月17日 晨

冷风街头小我

不失喧闹
街头依旧人来车往
人流　车流
足以寒冬滚动热浪
阳光
可以离开闹市
熙熙攘攘
却构成现代的时尚

让冷风吹拂
哪怕冰雪疯狂
那一队队行人
一辆辆飞车

谁也不能阻挡
跻身街头
渺然失去小小的我

众鸟归巢
任凭冷风吹过
在这喧嚣的城市
在这不知寒冬的街头
再也找不到自我
恍惚
天地间
再也没有小小的我

2018 年 1 月 20 日　关山

黎明前

早起
看黎明前风景
黑雾薄云笼罩
四野秋风
穿不透周郎羽扇纶巾

如同梦游
在漫漫长夜
聆听秋蝉
幽幽的哀声
那半弯月儿
悄悄没入云层

她在躲避
黎明前
最黑暗的光阴

岸柳
依然无动于衷
在黑色的凉风中
舒展丰腴的腰肢
也许
期待秋风萧瑟时节
在离雁的远影里
泰然瘦身

倘若
等不到太阳
从遥远的地平线
冉冉上升
那么
还是随秋雁南飞
飞向南国
那里
荔枝依旧殷红
阳光依旧灼人

潜伏
太漫长的夜
如同生命中
最残酷的冰河冬眠
是否？
不再苏醒
重逢春天的绿树芳尘

哪堪
黎明前
时光倒流
如同死海一般消沉

    2017 年 8 月 17 日　晨

留　金

把所有的理念
埋藏在千里沃野
美好时光
怎禁得
日月轮回之流连
君往天涯去
我向楚江横

时令珍贵
已然告别天真少年
一半白发
一半青铜
把那个梦
沉沦在芳菲江南
谁与守望
西湖皓月泛涟漪
快消融
断桥残雪
那一群沙鸥
款款飞来

掠过孩提的笑颜

彼岸
一叶红帆
正驶向波澜深处
忘却了似水流年
太阳冉冉升起
远方
闪烁的光芒
照亮了
沧海桑田

    2017 年 6 月 5 日　晨

梦幻之桥

零丁洋烟波浩渺
风雨来了天地混沌
听浪涛呼啸
风吹雨雾
云在天空燃烧

焚尽了苍茫
无边的爱恨忧愁
化着漫天风雨
坠落下梦幻中的桥

呵！跨过茫茫大海
穿越零丁洋

升腾入珠海口
把千年之梦
汇成浩浩荡荡海潮

你不是天之彩虹
因为彩虹不能临水弯腰
因为彩虹总是高悬雨后
人们只能无言远眺

你不是海之神龙
因为神龙见尾却无头
因为神龙已归隐东海
沉睡忘了万丈琼楼

你是梦幻之桥
从你身上走过
分分秒秒
你是生命之桥
连起大海四方三岸
从此岸出发
向东海
去追赶太阳
乘风直上扶摇

2017 年 7 月 18 日　珠海

梦回唐朝

千年一梦
梦回唐朝

伊人在水一方
欣然对我微笑

那洛阳牡丹的瑰丽
倾倒苍穹北斗
那长安街市的万树奇葩
骚动几多江湖过客
剑影凌霄

忘却了华清池的粉黛芳蕊
独自漫步在咸阳古道
淙淙流水小桥
柳絮如雪
乍然千丝万缕
千百年回首
难寄风风雨雨汇集心头

岁月漫漫不解心灵之约
这一季春风
吹拂千山万水
任凭春光燃烧
原野青青
芳菲风中回舞
飞往江南
沐浴春雨潇潇
扬州波澜水天阔
烟花正艳时
荼蘼此夜涌春潮

风轻轻
云渺渺

月照万丈琼楼
千年一梦
梦回唐朝
听君红衣舞春风
好一曲念奴娇

      2017 年 4 月 21 日　关山

梦雪花

不要让我苦等
空欢喜一场
那不是一场游戏
只待淡淡而来
在浩渺空漠
不要让我
等到花儿谢了
秋无果
夏无太阳
不需要铺天盖地
只想望见纷纷扬扬

那个童话的美丽记忆
早已送给
卖火柴的小姑娘
安徒生带走了她
是否把她变成白雪公主
月宫嫦娥

每当雪花飘悠的时刻
我在雪地里守望
却不见童话的云衣霓裳
雪花带走了
不仅是梦
而是梦中的新娘

昨夜漫步寒雨中
半丝半缕
轻沾我的脸庞
今夜
我在高高的楼台
翘首以待
可否　从遥遥九霄
飘然而降
送回我梦中的新娘
或者安徒生
来与我煮酒千杯
醉卧雪楼
忘了人间冷暖炎凉

      2018 年 1 月 5 日　关山

那年的冰雪
我曾收藏

寒冷曾是童年冬天的记忆
雪花纷飞
那不是诗意的缤纷

寒水成冰
那不是梦境的晶莹

雕刻记忆的刀斧
恰似这寒风凛冽绝尘
雪花飘飘的日子
温馨的感觉荡然无存
老人们抱火求暖
孩提却在雪地里嬉戏奔跑
不思归程

漫天飞舞的雪花
恍若流动的白云
收藏冰雪的记忆
把它送给
卖火柴的小姑娘
哪怕瞬间的焰苗
照亮了
冬天里紧闭的大门

打开记忆的冰雪
是否可以听到孩提的声音
哪怕只是
一声嬉笑
一声叹息
一声呻吟
或许可以唤醒儿童的天真

2017年12月6日　关山

那时的天空好想飞

阳光照在窗外
绿树闪着光亮
绿叶成堆
那一群小鸟
在林间穿梭
向着东方
悠然款款飞

小鸟可否带我回归
少年的沙土岗
谁相伴和泥添灰
捏成小狗小鸭
却不见鸡仔
谁说笨鸟先飞
那快乐的鸡仔
是否早已
跟小鸟一起飞

和泥巴的日子
依稀如昨
我们做了最大的一只
怪兽
孩提们称之为
"忍者神龟"

泥巴被风吹干

岁月把这只怪兽
变成了强壮的泥塑
在阳光下闪烁光辉
这是儿时记忆的丰碑

假如
我是那只忍者神龟
多年以后
是否可以
在无垠的天空
自由自在放飞

真后悔
没有给这只怪兽
一双翱翔的神翼
至今
它依然孤独耸立在
荒漠土堆
假如当初
把鸟儿的翅膀给它
那时的天空
我们好想飞

而今的天空
阳光依然灿烂
白云悠悠飘逸
风儿轻轻吹
我们
是否还想
自由自在放飞
我们

是否变成了
那只"忍者神龟"

2018年4月17日 关山

青岛恋人

恍惚隔世的眷恋
那一年的青岛
风轻云淡
走一路海岸线
霞霁送远方锦帆

我生君未生
若如一个旷世童话
独自踏波而行
水何清清
云何漫漫

寄一封彩笺
没有地址
也没有伊人签单
托与海鸥
抱笺飞往彩云间
寻遍四海波涛
可否找到舞雪春衫

恍若梦里
与海水对话

安徒生早已谢幕
不再与君笑谈
海的女儿
正与斯人分享
最后的晚餐

梦回青岛
不在春天
雪拥冰帆的时光
可曾寻回年少容颜
那海鸥的翅膀
可曾掀起星海波澜

2017 年 12 月 19 日　关山

秋　霞

  2017 年 7 月 15 日至 21 日来广州研修，是夜与享清、秋霞、建和、国新、炎章、陈恩等同学相聚举杯，许诺赋诗，今草草以酬。

夏花绽放的季节
在花城
我们对酒当歌
薰风热雨
仿佛梦回菁菁校园
滟滟桂子山
清清梭罗河

生如夏花
许诺妙笔诗笺
扬帆穿过大江
解释秋风
迎来一帘飘雪
转瞬满眼春芳

若如春之美丽
为生命之春而歌
恰同学少年
剪接春晖
踏青荆楚秋波
再回桂子山
寻觅江花红似火

别去经年如梦
韶华总为风吹落
再相逢
青丝已别旧时颜
凭栏处
斯人不赋秋歌

从江花似火的江城
飞越
繁花似锦的花城
几十载光阴如梭
举杯酣醉
多少风雨皆忘却
这一季金秋
我们再相约
桂子山四季花香

心中太阳永不落

万般风景在花城
冬无雪　秋无霜
永恒的常青树
永恒的青春花朵
永恒的春之歌

2018 年 1 月 10 日　关山

山间的杜鹃谢了

山间的杜鹃谢了
依然不见你来
清风掠过峰峦
白云在头顶徘徊

流连春之绚丽
把暮春的风景挽留
相约守候最后一片花蕊
在黄昏的夕阳里掩埋

那群熟悉的黄雀
依然在林间低回
期待旧影重现
流光追向夏日的楼台

那空留的青枝绿叶
在风中寂寥摇曳

试问翌年春风
杜鹃花是否还会盛开

风带走了所有的箴言
不留下一丝云彩
山间的杜鹃谢了
你是否不再重来

2017 年 5 月 3 日　晨　关山

神农之木

乘着苍鹰的翅膀
来到朝思暮想的神农
华夏生生不息之源流
孕育峭壁林立之峰壑
那三十六架天梯
依旧高悬凌霄求索
云横苍茫风飘雾
剪一片彩云且作天之霓裳

郁郁葱葱直挂天穹
耸峙华中屋脊
高擎中华之脊梁
先祖披荆斩棘遍尝百草
繁衍十三亿神州何等壮阔

皇天后土
试问我们从哪里来
风尘仆仆向何方

雨露滋润
昌荣五千年浩浩荡荡
一往无前
走向大千世界无限风光

我站山顶之上
遥望绿海碧涛之神木
风驰云涌
百鸟在集合森林在歌唱
万树繁花
竟在云海深处怒放

旷世神农天生万物
重峦叠嶂绿草花木
借我一双翅膀
我从这里启航
飞向东海飞向太阳
把最后一缕阳光抱回
洒向神农之木
花开万年树耸千仞
生生世世永不凋落

2018年3月13日 关山

圣洁的笔者

总在清晨
太阳刚刚升起
在霞光的辉煌中
向天而歌

总在黄昏
目送落日渐远
在夕阳的光焰里
倚栏浅唱

简陋的笔
书写着庄严
而决非惺惺作态
似病若狂

粗疏的纸
描述着圣洁
而决非清浊交媾
白日黄粱

偶尔漫卷书林
遇见歌者行者
铺天盖地而至
熙熙攘攘
恍惚杂乱的市井
遍地涂鸦
斗胆放荡的"诗行"
阴霾混沌
暗雾黑潮
难道！最后一块净土
竟污染得如此肮脏

但愿此生
我行我素不同寻常

俨然圣洁的笔者
为天地锦绣而书
为生民忧乐而歌

    2017 年 10 月 24 日　关山

树之歌

窗前一棵树
碧翠参天
不分酷暑寒露
坚守！
千古不变的形象
深深扎根于沃土
小鸟儿飞去飞来
总想把你带走
只因你的坚贞
初心不改
那一群春鸟
在你的怀抱筑巢

不知
你经历了多少风雨霜雪
未来的漫漫岁月
是否还为我坚守
假如有一天
我独自离开
你是否依然伫立窗前
带着欢乐的雏鸟

轻轻歌唱　轻轻挥手

你是世上生灵的青春
我仅只人间一粒尘土
随风而来　与你为邻
随风而去　不留一丝烟露
望远方山遥水阔
凡鸟纷纷争渡

我不能把你迁移
你属于脚下的沃土
你不能把我留下
我仅只人间一粒尘土
你听！风萧萧　雨欲下
是否？
你依然为我撑开绿伞
与我分享红尘寂寥

    2017 年 7 月 3 日　关山

霜　花

来自寒夜
仅与月光和星星相望
从不与太阳为伴
爱无言中
默默化作一缕轻烟
升上天堂

在这个喧嚣的世界
幸存于枯草青禾
偶尔沾上行人的双履
渴望带入神圣的殿堂

何必去做缠绵的诉求
无情的脚步
无情的阳光
烤干了残碎的身躯
践踏了渺小的尊严
只在瞬间
消失在空漠

为了一秒的灿烂
与君相对
但愿永不相忘
翌日雪花满天飞
那不是我
我仅是寒天的情殇
纵然牺牲
依旧奔向骄阳

2017年11月2日　关山

撕下的挂历

过去了一年
一年又过去
一年又一年
如此轮回

撕下十二页挂历
谁言生生不息

偶从桌下拾起
数了一遍再数一遍
却找不到去年的痕迹
窗外春光依旧
小鸟在歌唱
不知休息
去年的那只青鸟
是否依然在树丛寻觅

又撕下今年的挂历
一月二月已成过去
三月杨柳嫩绿时
桃花杏雨
是否留下不朽的痕迹

收拾起
去年十二页挂历
假如珍藏往昔
时光的轮轴转动不停
此去经年
多少回再翻开
再数数,一页又一页
历史的足迹

倘若时光可以逆流
好想!
把挂历向前倒翻
重回韶华春路
珍爱朝夕

聆听年少的春风呢喃
春雨淅沥

   2018 年 3 月 4 日　关山

他年梅花

飘雪的日子
不会忘记梅花蝶魅
踏雪寻梅
那年少的梦境沉醉
望湖上雪雁
双双对对

那年的雪花
洒满青丝欲坠
少年时光
追逐一朵梅花
何惧！白雪漫天
落梅满地

而今　望雪而归
不再追寻那一行雪雁
犹恐这悠悠雪花
白了鬓发
染了娥眉

伫立湖畔
谁与波澜相视不酣睡
寒柳无叶

冷水似镜
可叹！我发如雪
安能再忆他年梅花
剪不断红尘万缕
一帘芳蕊

   2018 年 1 月 15 日　晨

微　诗

二月

一点水滴
穿过梦魇
滋润春天的小草

缘

比肩而行
却不相望一眼
天地无尽头

女人花

醉了春风
千百卉
满眼芳菲

竹

凌霜傲雪
伸向云霄处
心有千千结

蓝瘦

思念
如流星划过一瞬
再也望不见

鱼

宁向大海
决不给俗人
酒酣作乐

爱情

两极碰撞
或闻闪电雷鸣
今夜暴风雨

门

悄然打开
悄然关闭
安知何时进退

窗

穿越过去
今晚或遇见
嫦娥……

不许走

天地欲留君
奈何
远方已无路

蛊

送君春风
沉醉花芙蓉
风流千古

荼蘼

绝艳
蜂蝶狂潮
忘了来时路

梅

晓风寒
凌波回眸
红衣舞雪抱君怀

幸福

静卧楼台
月如弦轻轻弹唱
星星悄悄飘来

花雨

卷帘春风
芳菲满江渚
欲上兰舟听君语

眼

珍忆
却不相见
远方白云一片

手心

握紧
最后一丝温馨
犹恐放开成空

冲

向前
莫问归处
我就在远方

萌动

春风雪融
花未放
冷蝶醒来远望

反向

西去东方暖
风云乱
无人与伊相伴

飘

随风飘舞
不是雪
芳菲满天涯

咖啡

独自饮尽
明天
不留一丝苦甜

秘密

此悟
天知地知
伊人百思

拐

请不要跟随
放飞之日
谁禁得住徘徊

春雨

悄悄到来
拂晓
岸柳色迷离

逃跑

人往江湖
心系杨柳岸
鸿雁何处

慧

冰心
洞透迷惘尘世
鸿蒙雅诂

红尘

来时
一声啼哭
归去问谁相送

清明

一杯浊酒
几处烟纸飘落
叩首苍冥

人生

庄生晓梦
彩蝶翩跹篷舟远
不曾睁开双眸

茶

风靡数千载
痛饮三杯
安能与酒同酌

听雨

独上高楼
风吹重云乱纷纷
洗净烟尘

窗外

喜艳阳正好
风乍起云骤
雨为伊人哭

姻缘

若如天命
相逢陌路不回眸
浮云任飘移

休息

但愿沉眠
忘却日月轮回
多少春秋

筑巢

与我同行
采撷茅草树枝
居安问君知

真爱

青丝已染霜
杨柳岸
依旧目送波帆

过客

匆匆来了
又匆匆走了
滔滔大江向东流

目光

穿不透昨天明天
枉凝一泓春水
两漂秋波

尊重

轻轻地挥手
各自天涯
翌年春风梦相逢

快乐一夏

别了春天
与君泛舟江湖之上
享尽水天沧沧

懂得

云雀飞上月亮
遥望四野
苍茫如此浩阔

六一

点燃梦之时光
萤火虫
闪烁在远方

巢中蛋

家碎无完卵
此刻破壳而出
天之龙种

雏鹰

莫问我从哪里来
期待一冲云霄
但不做天堂神鸟

2017 年 3 月 6 日至
2017 年 6 月 14 日作

为你写诗 为我歌唱

舀一瓢西湖之水
研墨芳馨
剪一束江城之蕊
作纸焚情
花谢花飞随风而去
已是悬崖百丈冰

此刻,端坐窗前
挥毫命笔
顿觉天地翻新
此刻,伫立楼台
望飞鸟欢鸣
问飞鸟可曾为我而歌
日月升平

此刻,太阳不再西沉
世界洋溢光明
此刻,月亮升起来
欲与太阳携手出巡

未见日月轮回的风景
却思沧海桑田的凯旋
五千年的岁月薪火相传
三百六十五个日夜不醉不醒

几回倚栏遥望 　　　　　　　　直达绝顶揽浮云
月光、闪电、霞霁、流星
只待万物复苏的江南之春　　　　一览众山小的境界
驾驭一片彩云　　　　　　　　　君是否告别红尘
扶摇直上苍茫　　　　　　　　　身前
俯首聆听百鸟齐鸣　　　　　　　空蒙鸥梦
欣然为你写诗　　　　　　　　　身后
遥听你为我歌唱　　　　　　　　碧波倾城
茫茫天涯路　　　　　　　　　　何曾回首
相知故人心　　　　　　　　　　浪迹天涯万里程

　　2017 年 12 月 12 日　关山　　　　2017 年 5 月 27 日　关山

悟　道　　　　　　　　　　　向往塞北的雪

出山　　　　　　　　　　　　　这一季雪花
宜修行　　　　　　　　　　　　与关山无缘
格物　　　　　　　　　　　　　与我无缘
何须禅语　　　　　　　　　　　期许
煮茶　　　　　　　　　　　　　五彩缤纷的雪花梦境
清水碧云　　　　　　　　　　　梦里却不见雪域高原

顿悟　　　　　　　　　　　　　向北走
自在山高路远　　　　　　　　　过了长江
始觉　　　　　　　　　　　　　过了汉水
远方会有仙姝怡魂　　　　　　　穿越武胜关
登临　　　　　　　　　　　　　去河南
一步一步前行　　　　　　　　　再往北
终有一天　　　　　　　　　　　往秦川

攀越秦岭
直上黄土高原
那里正是
冰川叠起的雪国乐园

沐浴一轮冬阳
却难感觉温柔阑珊
只待一场雪
哪怕仅只几片雪花
胜却塞北
千里冰封
茫茫雪原

   2018年1月11日 关山

小　村

那是一个小山村
山峦不太险峻
四野绿草如茵
村前小河流水
滔滔东流向大海
波澜万丈深

那是我的小山村
一群放牛的孩童
相伴朝晖夕阴
孩童与牛儿一同成长
山村风光依然

小河流水蓝天白云

走出小山村
日夜期盼归程
过去一年又一年
再回小山村
小河依旧悠悠东流
却不见旧时放牛孩提
芳草萋萋处
是父母先辈的荒坟

  2017年12月7日 下午 关山

雪花礼赞

轻飘飘
从九霄降落
把一世风景
凌虚空漠
欲煮酒三杯
倚栏感叹浩阔

五千年苦短
只在刹那
青丝白发婆娑
漫天皑皑
曾经一览沧桑

此刻

不见柳绿桃红
万树梨花杏雨
伴我
为柔情万种
悠悠白雪而歌

2018 年 1 月 27 日 武汉

阳光下的雪人

苦熬了一季寒冰
耸立在弥漫风雪中
终于打造成人形
月亮与星星注入灵魂
身如月弦眼似星光
闪动着大千仆仆红尘

是谁在冰天雪地中
创造了我的命运
是谁在冷酷薄情中
堆起了我的凡心
临风沐雪
苦等黎明的彩云
月落星沉
送我到阳光下翻身

纵然不能与阳光为伴
就是化作一泓碧水
也不甘心沉沦

身随波澜东流去
心向往日出日升
阳光下人间又是万家春

2017 年 12 月 5 日 关山

遥远的城市

城市，离我好远
仿佛在天边
驾驭秋雁的双翼
也飞不到你的面前

乡村，离我好近
仿佛在眼前
梦里牧童的竹笛
唤醒了殷红的地平线

假如，从喧闹的街市
走回寂静的乡村
终是幸福的夙愿

但见，旧时放牛的伙伴
抛弃了纯真的眷恋
哪怕，栖身在街市
破旧的屋檐
却情愿听到陌生的流浪犬

而我，依然感觉

城市
多么遥远

2017 年 10 月 8 日 关山

一滴水的箴言

我本不是来自大海
因为我不能逆流而上
我也不是来自苍穹
因为我没有翱翔的翅膀

我源自喜马拉雅的雪
千百万年冰川融化汇合
我随着那一朵浪花
去大海，奔腾在滔滔长江

我源自浩渺蓝天的云
诞生在热风和冷流碰撞
我随春风夏雨从天而降
宛若涓涓流水
滋润大地八方

我不愿坠入喧闹之城
只在瞬间就无影无踪
看不清世人的真实面目
我不愿挤进沙漠荒丘
仅只流星般划过
钻入泥土沙砾

从此不再轮回飞跃

我想悠悠而来
走进快乐梦乡
看春花秋月无尽世界
伴太阳闪亮
伴星星彷徨
假如与你携手
去波澜深处张狂

2018 年 3 月 15 日 关山

一滴雨的呓语

把满天的云朵
揉捏成一丝一缕雨滴
不论深浅
收拾在那只破旧的瓷碗里
偶尔照见
这双日渐衰老的脸
存放在太阳的背后
窥视每一个春秋
凝望每一场夏雨冬雪
直到离开
把它带入坟墓
作为尘世留下的永恒纪念

云化作雨
大自然的无私馈赠

凡人却向往

那巫山云雨的欢悦

直到有一天

晨梦初醒

云去了天边

雨化作一泓清波

奔向幽谷深渊

再也找不到

昨夜的芳菲红颜

如果，你是那云朵

就让风儿强劲吹

吹到我的面前

我点燃一团圣火

聚集了三生心愿

千年尘缘

把你燃烧成一汪春水

流入那只破旧的瓷碗

珍藏

总有一天

连同你一起带入坟墓

伴我长眠

倘若天地翻覆

我们是否破土而出

直上九天

播种漫天遍地云雨

生生不息艳阳天

2018 年 4 月 11 日　关山

一棵清荷

本来清新状态

恋恋风雨白云

何堪烟霾起

混沌浊流

污染了洁净凡身

君偏脱颖而出

出淖泥而不染尘

惊艳千古人间

多少墨客骚人

春去也

江南荼蘼暮春

石榴红似火

江花日渐深

柳畔

谁与我同行

逐入碧波荡漾

独赏一株清荷

风中笑盈盈

假如世无污浊

何怜此水清纯

走遍五湖四海

采撷天地灵英

五月的江南

绿柳飞莺
芳菲艳了阡陌
青鸟传递歌声
听一阕采莲曲
温润流水白云

聆听
此时无声
遥望
他山有音

   2017 年 12 月 18 日　晨

玉　碎

白璧无瑕
早已埋身于荒原
在那个春和日丽时光
破土而出
安知满身伤痕

从尘土沙丘中拾得
竟若珍宝收藏
曾在月光下端详
堪比月之嫦娥升恒

一阵冷风寒雨吹过
月沉星坠
坠入顽石刹那

从此不复生还

亦如生命之璀璨
燃烧流星雨
再也寻不回旧时芳颜
风萧萧
水潺潺

流年似水
莫叹逝去芳华
如日
东升西沉
如月
或缺或圆
常恨东流不再西
玉碎
也曾一世灿烂

   2017 年 12 月 30 日　晨

远方
恍若梦游或私奔

道路漫漫
经不起往来几轮
山峦崎岖
翻不过重重叠叠的樊篱
向往　仿佛一个梦境
远方

或在梦游　或如私奔

向前
早已没有一个伙伴
俨然孤独的旅程
望星光
穿不透朦胧的晓雾
一步一步远游
一步一步前行

试问
何曾驾驭沧海云帆
去往波澜之上
听一声海鸥
漫步青云
潮起潮落
终不见彼岸归航
风一声　雨一声
浪涛几声

远方　真如梦游
飞去　不思返程
远方　真如私奔
牵不到漂泊的手
山高水远路迢迢
何处转身

向前　九万里鹏程
不太遥远
假如生命
是永不凋落的太阳

永恒上升
永不下沉

2017 年 6 月 27 日　车上

战后思战

远离战场
七十二载沧桑
硝烟已散尽
倭寇东海上
波涛汹涌
心若沉舟难忘
假如豺狼再犯我
问君如何？

几多艰难岁月
流不尽血泪如歌
高山青
长城长
南去潇湘水
北连松花江
如此锦绣江山
岂能任敌宰割
为我中华振兴
抛头颅
举刀枪

而今神州万里

兵强马壮
战后思战
千山万水莽苍苍
为我中华
时刻准备着
灭尽敌寇
纵然狼烟烽火
黄河岸
长江边
亿万同胞手拉手
走向辉煌

  2017 年 8 月 15 日　午

（六）夏花依然绽放

岸

在江湖的对面
在海洋的尽头
与白云相望
听翱翔的飞鸟

没有起点
无休止地行走
不分白昼
总要看到远方
知与谁相伴

远方
是无边无际的
波帆
岸
却在心之尽头

2018 年 7 月 30 日 武汉

白衣送酒

来自凡世
归依红尘
此生不可超越

不如煮酒蓬蒿
安知稻谷高粱粟米
不枉奔波的收获
或是命之使然
或是前世今生的圣德

既然永远
无法解脱尘缘
就潇潇洒洒前行
莫问月圆月缺
披一身轻微的白衫
做一个不老少年
永远不要到达
天命不惑
青春与伊相伴
把漫天江湖之水
化作滔滔酒域泽国
醉了尘世全部生灵
饮尽玉露清风
奈何巫山云雨难测

此生的风景
宛如痴男怨女飘逸
尽忘却蓬莱玉宇
流连在绿野阡陌
南国莺飞草长
姑苏芳菲滟滟圆月
为君斟酒三杯
一杯经天
一杯纬地
一杯等待燕归来

酣醉到天黑

    2018 年 6 月 26 日　武汉

百川归海

从鄂西往东
到了渔洋关
望不见长阳的烟雨
那碧波如画的清江
流过一重山
又一重山

终于流入长江
百川归海
万流归宗
那一群鸿雁
飞向大洋
可否变成翱翔的海鸥

白云依旧在风中飘
红叶正燃遍前面的高山
脚下的河流
流向大海
扬起一片帆

    2018 年 9 月 29 日　宜昌

不要绽放 我还在冬天

那一朵白云化作彩霞
新的一天太阳升起在东海
好想伸展双翼去拥抱
遍地霜风翅膀却不能张开

冰雪就要覆盖一世繁华
连同那个童话的梦境
再也不会重来
寻觅只是心灵的呐喊
春桃夏荷几曾在冰雪中盛开

不要绽放，我还在冬天
为我牺牲仅是个传说
飘飘雪花如同满头华发洁白
如果等到明天
山花烂漫时
携手去聆听春潮滔滔的节拍

    2018 年 11 月 22 日　关山

沉睡的石头

千万年不想苏醒
那一次梦中睁开眼皮
正是冰河时代
于是，继续沉睡

好像已经足够
翻身起来
再看看身边的山
远处的水
风霜雨雪累加
可曾
把我变成旷世宝贝

走到水边凝视
依旧是千万年前丑陋
赶紧双目紧闭
连湿手洗脸也觉有罪
还是继续沉睡

即使睡不着
也不能起身走动
我坚持做到问心无愧
假如等到
换了人间风和日丽
我化身成金童玉女
寻觅那个最大的雕塑

那就是梦中的
玉皇大帝

2018 年 12 月 17 日

虫 鱼

在地上爬行
在水中漫游
天生万物
乃为有限生命
你和我
虫或鱼

爬行过多少
原野峰峦
走上坎坷
或入坦途
漫游过多少
江河湖海
湮没深渊
或跃龙门

向前
远方万类同游
向前
浴火重生
千里浮云悠悠

2018 年 5 月 13 日　关山

第一场秋雨

2018 年第一场
秋雨
在如火烈日
从仲夏燃烧至交秋
之后
在牛郎与织女
惜别三百六十五天再度重欢
之时
在苍龙吞噬骁日
企图把世界打入永夜
之后

赤日炎炎燃烧
四十个昼夜
没有休息片刻时候
江湖炙烤成火烧云
那鸿雁，凤凰，夜莺
还有许多的雀鸟
在星光月夜狂奔
逃之夭夭

牛郎和织女
冒着漫天烽火
差一点被双双烤焦
走上弯弯如眉的鹊桥
匆匆一会

又匆匆告别
那鹊桥亦如彩虹燃烧

是牛郎的一身汗水
是织女的满眼泪珠
化作点点滴滴秋雨
纷纷飘坠九万里凌霄
红云，白云和乌云
聚集
沛然倾盆
千丝万缕交织心头

2018 年第一场秋雨
在酷夏与炎秋交合之后
在牛郎与织女相会之时
在苍龙吞噬骁日之后
……

2018 年 8 月 18 日　夜

独　枝

在烈日骄阳下
在狂风暴雨中
几乎全部的杈丫
尽数折断
仅剩孤独一枝
在阳光下屹立
迎接昨日的雨

明天的风

坚强，并不是生灵的
本性
而是来自于自然的
负重
不忍风雨中
他枝别叶纷纷坠入荒冢
何惧灼热炎暑
带来火的洗礼

依旧走向风雨
迎接最强的烈日
最大的风
可谓其乐无穷

   2018 年 7 月 20 日　武汉

端午后再无太阳

端午昨天已过
果然乌云吞噬了太阳
潇潇洒洒一场雨
绿荫草地任凭鸟儿飞翔

好想让雨水淋湿
这身火热的衣裳
回味后羿射日
当初，天空之上

转动九个太阳

假如后羿再弯弓点射
我们是否从此再无太阳
在那个黑暗的世界
你何必四处躲藏

狂饮最后一杯酒
别了，屈子九歌
别了，陶令超越的梦想
别了，这一届足球世界杯
可否？把最后一只足球
打造成新的太阳

如果能回到昨天
端午节
我们龙舟天下
煮酒三杯
留住最后的太阳

   2018 年 6 月 19 日　关山

风雨是否疲惫

飞去飞来，在苍茫
在浩渺尘世
无依无伴
安知疲惫若许
直至风满西楼

雨汩东岸

昨日奔波阡陌
今夜走遍柳畔
不见半弯月
难觅
一点星光闪烁云端
如此漂流不定
忘了过去
不计未来
远方
可留一寸热土
堆起孤冢
了结人间
太多倦鸟离乱

2018 年 5 月 28 日　关山

疯了足球

月亮睡觉了
星星流着泪水
溘然闭合疲惫双眸
风也息止了呼吸
人们，却夜不能寐

疯了，足球
疯了，观众
纵然十亿球迷

星星是否睁开眼睛
陪伴零点
不弃不离

纵然疯了
纵然十亿球迷
中国，曾经创造
此项疯狂之最
两千三百年前的
蹴鞠
弹指一千年的
高俅宝贝
何时重归绿草赛场
让五星红旗飘扬几回
让我辈疯狂几回

我等着
等着疯狂的轮回
为了这个轮回
我不能老去
纵然不知道
因为谁……

2018 年 6 月 15 日　武汉

革命不是传说

圣地，已不是梦境
万顷骄阳

（六）夏花依然绽放

铺天盖地而来
向前，向着东方
假如这是一个传说
革命，打出一个
新中国

走过赣江
赣水苍茫不能沉默
走过闽西
去上杭去龙岩
青山隐隐
星星之火不能湮埋

窗外，依旧白云飘飘
骄阳如火灼热
望远岸红旗
胜利！走向新时代
惊回首
革命不是传说

2018年7月3日 厦门—上杭

古董的七夕

七夕，一个古老的
传说
当年的牛郎
巧遇当年的织女
于是，一群快乐的
小鸟
在星空架设一道
鹊桥
从此，地上的人们
苦苦守候

仰望天空
今夜秋雨蒙蒙
看不到星星
找不到鹊桥

而今的小鸟
早已忘了七夕
因为无人在此
为伊守候
他们告别了星空
她们远离了河汉
再也不想架起
那如梦如幻的鹊桥

他们已不是快乐的
小鸟
她们的灵魂已背离
鹊桥
他们已遗忘了爱的
初心
她们已舍弃了梦的
丰饶
他们，她们
仅剩下一副空皮囊
他们，她们

已走到天地之
尽头

别了，小鸟
别了，鹊桥
就当一件古董
偶尔在孤独中取出
照一照月光
对星星冷笑

2018年8月17日（农历七月七）

好人　病人

恍若一个开放的市场
来来去去挤满了人
门口排队
走廊溅一身风尘

满身是病
人人皆病
这世界簇拥着病人
医生仿佛是救星
百病可治长命千岁
上帝呀！安能保证

来了，走了
乃万物皆流之本
病好了，两手空空

病未好，人财皆无
莫怨天尤人

这世界，真的病了
但愿！我们都是好人
谁说？好人都是病人
呜呼！亲爱的好人
病人……

2018年11月24日　武汉

和我一起回唐朝

千年一梦，梦回唐朝
白云悠悠
轻吻杨柳岸
星星闪闪
追魂摄魄双眸

曾一起去河心
捞取秦时明月
碧波青荷
乍然跌入荡漾水泊
笑盈盈沐浴半江春潮
曾一起去上苑
欣赏瑰丽牡丹
百花连夜发
牡丹却寂眠
是否？

因你被贬入洛阳街头

多少美丽风景
自在明朝
日月轮回九州
何等妖娆
牡丹绽放洛阳
风骨顿销万古愁

今夜，风吹霜凌
月帆轻摇
数流星的日子
偏在这白雪欲飘
水云天寒
牵着你的小手
和我一起回唐朝

千年一梦，梦在唐朝
太白翘首以待
寻梦明月出天山
西北有高楼
少陵风尘仆仆
凝望西岭千秋雪
东吴月如钩
白居易远道相迎
长恨歌中无颜色
风景旧曾谙
啊！千年一梦
和我一起回唐朝
端一碗千年佳酿
醉倒在长安街头

唱一曲旷世弦歌
几度高潮
歌声带着你
带着我
去抚摸天山明月
去拥抱江南花夭
日出江花红胜火
我们酣醉在万顷潮头

2018年11月30日 关山

红　色

露蚀秋风
点了白霜的疼痛
从晓雾中姗姗来迟
凝神红叶飘飘
并不是浪漫相送
要把伊人从温柔乡
迁入寒浸的秋红
湮没在又一个严冬
雪花悠悠
唤不醒暖暖月下的梦

到了踏秋登高的季节
谁携手去远山
看秋色满天红
红色，是革命者
情怀释放

红色，是生命热血的
涌动

倘若时光回流
追随那个烽火少年
攀上革命的刀锋
倘若岁月漂移
执戈挥矛去远方
把世界打开一个新洞

蓦然回首
望满天红云
看漫山红叶
举一杆红旗
敲响革命牺牲的
洪钟

好一个红色的梦

2018年9月13日 关山

"红楼"岂是梦魇

整卷"红楼"
已成世间奇书
一曲说梦
几曾梦魇蛰居
走过阳春花艳
夏日清荷

燃烧江湖沟渠

已过了梦的季节
昔日"红楼"
今作歌舞游鱼
试看天下之纨绔竖子
竟将"红楼"作青楼
安可执笔续书

读一部"红楼"
代代传说
而今却俗骨心虚
谁在杜撰
故事人，当今事
传说"红楼"梦魇难驱
几多闲话絮语
漫道大千世界
悬殊

2018年7月22日 武汉

空　心

秋天把天地万物抽空
化作一片片枯叶
随风吹走
不为谁，言不由衷

本来自虚无的世界

世俗和杂草
占领了时空
春花夏荷仅是一时风物
回首处
白云飘向远岸
难寻踪

星星不语
月也不语
吹去吹来仅剩下
一缕秋风
可怜的躯壳
燃不起一丝火花
冰川之上
梦见萤火虫

梦之尽头
是心之沙尘潮涌
睁开双眼
莫叹四大皆空

2018年9月12日　关山

论短说长

常感叹时光太短
韶华逝水几何
譬如那蜉蝣，朝生暮死
来去匆匆忙忙

却又诅咒路途漫长
百年岁月看不到彼岸花朵
恰似那荼蘼，熠熠生辉
刹那间剩下满眼情殇

莫叹韶华太短
那蜉蝣仅在日落黄昏
演绎着生命的辉煌
莫怨岁月漫长
无为者寻遍千山万水
总是日复蹉跎

2018年12月19日　关山

没完没了

如天上那堆乌云
笼罩于头顶
用神一般的速度
也飞不出雨水的追寻
仿佛地上的人群
不分昼夜
恣欲温室街亭
没完没了
如同酣醉的云雨
巫山一段情

云雨的尽头
也许是远处的荒冢

一个又一个墓碑

上面雕刻的名字

早已被风雨磨平

那地下的魂灵

是否依然合居

没完没了

响应芸芸众生的欢娱

雨欲下

风未停

那一朵一朵的乌云

相拥翻腾

仿佛又要孕育

新的生命

2018年5月7日 晨

每个夜晚不会一样黑

日暮欲雨

天边乌云涌来

今夜天空肯定很黑

即使不下雨

也望不见半弯月

没有星光和月亮的夜晚

只能在黑暗中沉默

谁能呼风唤雨

驱赶漫天阴霾

但凡阳光明媚之日

夜晚不会漆黑

月亮会与我对话

星光舞姿婀娜

仿佛无语的诉说

走过黑暗之夜

在梦魇和啜泣中

迎接黎明到来

风闻天语

向夕阳

送走最后一道光焰

敲打沉沦的夜色

这个夜晚不会很黑

乘上月亮船

去听安徒生的童话

风中

依稀可以听到

海的女儿的传说

2018年11月5日 关山

梦幻土楼

土楼，如梦幻的土楼

任凭一千两百年的

风雨！依然屹立

（六）夏花依然绽放

在永定的峰峦

你从远方来
仅是匆匆过客
乍然走进大门
却走不进客家人的
心头

恍惚一片云
随夏日一阵热风
飘近那座土楼
几曾山水相逢
你也许在我之前
随另一阵风吹走

好想化作一只雁
去把风儿追赶
纵然赶不上那片云
却可以盘旋在梦幻的
土楼

那阵风，那片云
还有风中的你
云中的你
去把仲夏夜之梦
追赶
而我却是土楼边的
那棵树
无论夏日骄阳
冬日风寒
永远守望永定的

山水
不离不弃梦幻的
土楼

2018 年 7 月 6 日　福建永定

陌生的路口

也许走过了千百年的岁月
纵横山水
数着来往穿梭的人群
世界太大已找不到远方
乾坤却小转身就是归程

恍惚又到十字路口
通达四面八方
汇集潮起潮落浩荡风云
过客匆匆不留姓名
挥一挥手你是否依旧前行

再不问茫茫天涯
从古至今找不见一片云
那个童话已没有动静
要么就在新纪元的传说中
再添加一个梦魇
任凭霜风吹动几朵彩云
装饰在陌生的路口
相送匆匆忙忙的过路人

2018 年 10 月 20 日　武汉

瓶子里的世界

打开瓶盖
装进整个世界
不能有一丝一毫遗漏
也不可片刻徘徊

拧紧瓶盖
从此不再打开
把世界永远珍藏掩埋
从此不见阳光
不让风声雨声
飘进来

还想！把天下人心
在瓶子里收紧
紧抱在胸怀
不让风吹走
不让雨淋湿
也不让阳光灼热

可是，世界在瓶子里
窒息
心在瓶子里腐坏
再去打开
风进不来
雨进不来
阳光也进不来

2018年10月24日 关山

破茧之愿

破茧而出
岂止为了新生
生生不息
渺渺尘世几度沧桑
那个蝴蝶梦
悠悠飞向远方
太阳、彩云、星星
欣然为你而歌

来自亘古的梦
深埋于冰河
为了明天
吐纳千丝万缕
紧紧缠绕着灵魂和躯壳
精心编织自我的牢笼
此刻，不再彷徨
仿佛已身下十八层地狱
沉压九万里尘土石岗
等待春风化雨
万物复苏时光
刹那间石破天惊
成就了重生的辉煌

再一次来到这个世界
没有恐惧，没有忧伤
只是渴望

此生不再做一只迷人彩蝶
而愿化作浴火重生的凤凰

冲天一啸
凌霄九重
看不尽苍天茫茫
大地茫茫

啊！破茧
岂为再次成蝶
而是志在冲天
化作旷世凤凰

2018 年 6 月 7 日 关山

清江　依然奔流

清清一泓秋波
染红彩蝶的衣裳
蝶儿已无踪影
清江依然静静流淌

那是梦中的清江
带着齐岳山的梦想
把古老的夷水
送入万里长江
碧澄千秋如故国
沿着流水的方向
惊叹清明十丈
流过春秋

流淌在灵魂之河

漫步清江
在土家长阳
纵横崇山峻岭
如一只大雁
在白云下自在翱翔

清江日夜奔流
忘了多少冬雪夏荷
把千年一梦
蕴酿在土家人的
母亲河

2018 年 9 月 26 日 晚 长阳

热辣的感觉

为了迎接火红的太阳
来一碗热辣的早餐
汗，从头顶一直流向脚底
辣，浸透了周身
甚至湿了外衫

假如，此刻如同太阳
一起燃烧
让这周身的热辣
照亮仍在寒冰中的虫蛙
引来一个火热纷繁的世界

田野结满果实
遍地笙花
我在此种瓜

假如，这一身热辣
排出今生的喜怒忧患
渲染一个太平世界
清如荷莲淡如水
从此，不再暴饮热辣
太阳不再如火燃烧
放眼处
尽是绿草山花

   2018 年 5 月 15 日 关山

神农送我一片叶

六年前的金秋
同学不再少年
老者已逾花甲若许
壮年已近天命
携手并肩向前
神农架！我们来了
漫山遍野古木森森
走在崎岖小路
去往天穹攀登

从宜昌过三峡
听两岸猴啸猿啼
望不尽
绿水悠悠群峰纵横
昔在九江上
曾梦武当山
而今登临神农架
仿佛看到先祖炎帝
屹立高高神农顶
俯瞰五湖四海
佑我中华欣欣向荣
世代中国梦美丽在眼前

我向高峰走来
林深鸟啼鸣唱
流水潺潺
我要亲临山顶
叩拜中华祖先
炎帝神农氏
欣然对我招手
送一片叶

我往神农架
看过山高路远
珍藏一片叶
神农尝百草
黛绿万里江山
好蓝好蓝的天

   2018 年 5 月 9 日 关山

(六)夏花依然绽放

松毛岭　小小少年

十五岁少年
赶上那场炮火硝烟
时光轮回八十四年前
为了翻身解放的信念
毅然走上高高的松毛岭
坚守七天七夜
直至凤凰涅槃

小小的你
啊！小小少年
正是青春绽放的
花样华年
却逗留在战火洗礼的
山头
从此永远
守望长汀的日月
从此永远
与绿水青山长眠

八十四年过去
只在弹指一挥间
没有人知道你来自何方
没有人知道你的姓名
没有人知道你的爱恋

可是

你却坚守在松毛岭
岂止七天七夜
而是永恒的终身

每当日出东方
你从梦里醒来
遥看解放的碧水蓝天
每当日落黄昏
你依然伫立在高高的
山巅
不愿离开
不愿在漫漫黑夜里
沉眠

小小的你
啊！小小少年
今天我们来了
来到你和你的战友
面前
你我从未相识
但我们有同一初心
我们有共同的信念
独立！解放！
自由！富强！
我们携手走向美丽的
明天

啊！松毛岭
啊！小小少年
永远十五岁的少年
少年中国

等待你!等待我!
在黎明
在明天……

2018 年 7 月 4 日　福建长汀

太阳和雨的祈祷

酷热无雨的日子
漫长的旅途蹒跚
云在天空徘徊
雨在瑶池休假
太阳
正是积极表现的时候
提前上岗
下班后还想加班
你看黄昏的夕阳
在燃烧
太阳不愿回家
快去太阳的住处
摆上美酒
来一桌饕餮大餐
再来一场旷世歌舞
送上绝代娇娃
把太阳拉回家
让它陶醉
让它一夜春宵
明日不去上班
让雨乘着东风而来

拂晓时分
洒遍茫茫天涯

2018 年 8 月 9 日　武汉

太阳困了
你还不沉眠

好想沉睡不醒
赶上今朝岁月
太阳困了
不曾从梦境醒来
请安然沉眠吧!
窗外,风吹树叶飒飒响
雨点敲打窗台

幸运!难得天亮后酣睡
梦入蓬莱
不怕阳光照在脸上
双眸无奈睁开
不怕阳光照在屁股
火一般灼灼发热
今日有雨
正是夏困安排

是谁?还想拯救太阳
从梦里唤醒
升上天空照亮五湖四海
是谁?

还要续起太阳之梦
杜撰一个乌托邦圣境
忘却深渊悬崖
地上的人群
在雨中，迎着狂风
仰望天空
纵然没有太阳
依旧向前从不徘徊

远方！恍惚梦魇
宛若明镜台
太阳困了
你还不沉眠
苦苦寻觅三世菩提
孤独地从远方走来

2018年5月30日 关山

太阳照见梦影

太阳没有出来
小鸟
依然在昏暗的清晨
无奈飞翔

太阳去了哪里
去了梦之故乡
去寻觅春天的影子
去把童年的歌谣吟唱

从梦中醒来
飞驰向远方
去追赶太阳
纵然淋湿一身旧衫
用我的身体
阻挡雨水淋湿太阳

太阳若被淋湿
就要失去光芒
普天下的人们
从此生活一片黑暗

我的衣服淋湿了
还可以换一身新装
或者在太阳的照耀下
晒干鲜亮

太阳照在我身上
我的身影
就是太阳的梦想
总有一天
我会化作太阳

2018年5月2日 关山

天的距离

天地之间
到底有多远

乘一阵风而上
却见不到月亮的
笑脸

地狱与天堂
不知相隔几层
定必有一道
不可超越的藩篱
二者从来不可相连

假如能够突破
这段没有丈量的
距离
仿佛突破人生的天险
假如真的有这一天
何惧上达凌霄
下入深渊
我们在这混沌的世界
一同苟且

2018 年 7 月 16 日　武汉

天上的乌云
总会落下

在天空纵横，不是云
而是雨，孕育于苍茫
一片一片的花雨
如同一缕一缕的血肉

结合灵魂的期许
总有一天油然而下
在人间找到归宿的呓语

不能永远凌驾云霄
那里仅是生成的处女
巫山之巅等你到来
拥抱图腾江渚
终于把一朵一朵的霓衣
化作一点一滴的热雨

飘落，飘落
巫山之巅
飘向东海之滨
波澜深处
走来一对一对的情侣

2018 年 5 月 26 日　下午

问声你好

黎明，已见东方微亮
晓光滔滔
小鸟在窗外叫我起床
轻声呼唤：你好！

远望，朝霞从东方倾泻
云朵染红芳草
苍天在上

凌虚河汉
那渐隐的七星北斗
悠悠传递：你好！

问声你好！
从遥远的苍溟
坠入蓬蒿
深入再深入
接地气地呐喊：你好！

一百年以后
这个黎明，是否可以听见
小鸟轻声呼唤：你好！
一千年以后
朝霞，是否照亮我的窗口
问声你好！
一万年以后
是否可以望见七星北斗
苍天在上
谁还对我：问声你好！

呵！你好
好蓝的天
好灿烂的阳光
记否？六月六日
今天高考
呵！高考，你好！

2018年6月6日 关山

我们等着你

——为武职宣传片而作

为了你到来
我们等待了十八个春秋
几度花谢花飞
几多鸿鹄飞来

等着你
长江波涛
日夜不停敲打青春的节拍
等着你
凌驾山峦
太阳不落追赶流星皓月

等你来
栉风沐雨
九万里鹏程永不徘徊
等你来
创新创造
十三亿神州大展鸿才

我们等着你
一起迈进知识的殿堂
携手描绘中国梦的喜悦
我们等着你
一起扬帆远航
奋勇开拓伟大的新时代

我们在光谷中央
我们在智慧武职
等着你
潇潇洒洒走来

2018 年 5 月 30 日　关山

我愿是条鱼

我愿是条鱼
在无限的时光里漫游
岁月不会老去
生命没有哀伤寂寥

我愿是条鱼
珍爱永恒记忆的七秒
仿佛绽放春天的初蕊妖娆
假如一秒即是一年一岁
永远的童年嬉戏在童话之河

我愿是条鱼
没有念念不忘的过去
仅向往未来的波光碧涛
总有一天
剪接阿郎的衣冠楚楚
总有一天
掀开阿妹鲜艳的盖头

我愿是条鱼

在清澈的江河无忧漫游
等待游到大海的那一天
遥望天边的海鸥冲上云霄
还要数着星星
勾画月亮
伴海的女儿
一起寻觅世界的尽头

2018 年 11 月 14 日　关山

我在沧海

无边无涯
一只海鸥日夜不停
丈量
此岸到彼岸的距离
一片云
一缕风
一颗星
飞向你，飞向我
在测定你和我的距离
一朵花
一片叶
一棵草
艳如春，枯如秋
在超越生与死的距离

太阳在我梦里醒来
去照亮茫茫大海

谁在梦里驾驭白帆
日行千里
夜行万里
向我走近，为我洗礼

海鸥，在拼命缩短
此岸到彼岸的距离
云朵，在竭力拉近
你和我的距离
花蕊，在虔诚填补
生与死的距离

我在沧海
望不穿
蓝天，白云，海水

2018年9月17日 下午 关山

无 言

在百鸟乱鸣的日子
早已不能沉眠入梦
天未亮
噪音唤起乌云
积压心灵的沉重

这是个群言无畏的时代
天下人尽可随意躁动
分不清几处香花
几处野草
任凭荒唐嘲嚷

而我，却异想
去开拓一个清静世界
万物明聪
没有鸦鸟乱唱
没有野草狂潮汹涌
写首无字之诗
唱首无声之歌
读本无言之书
好一个太平世界
河清海晏
白云翠雾晴空
心随流光飘移
轻风拂晓梦

2018年5月24日 关山

五月的火山口

七月，如火如荼
烈日正当头
五月，荷花未绽放
芳菲依旧深埋水里头
而今
仅在五月的初夏
却走上了七月
火热的旅途

我们，正在翻越
一座活火山
正欲喷发
我们正在走向
火山口

2018年5月18日 关山

夏　花

生如夏花
美丽
宛若一朵清荷
绝艳
恰如石榴红似火

清荷
终将结籽
美丽
枯萎在秋雨荷塘
谁知心中苦
未嫁春风蹉跎

石榴
也要凋谢
绝艳
转眼化作旧时风光
君向花丛笑
莫诉泪眼怜香

夏花
伴流云飘逸
倾倒滔滔大江

2018年5月1日　晨

向日葵

今生因太阳而来
来世为阳光而归
抬头，与朝晖相视
举臂，伴夕阳返回

世间美丽的风景
怎禁得连日苦雨
一帘雾霾凄迷
那皎洁的月光
何其冰凉
吹不开一朵花蕾

迎着黎明
从晓梦中苏醒
任凭晨风吹
那只翱翔的鸿雁
迎来满天霞霁

向着太阳
扎根于沃土
心在阳光下飞

别问我是谁
我是一朵向日葵

2018 年 8 月 11 日 晚

啸天苍狼

来自北方
向南，直至江南
不是为了寻觅
美丽的风景
而是为了
看见江南的月
江上的帆

呼啸！几度心灵悲伤
灵魂深处的天蓝海蓝
走过万水千山
终于见到一泓春波阑珊
折一朵秀色荷莲
那是天上圣洁的花

独上峰峦
向着苍茫仰天长啸
欲撼动漫天流云
煮星星几盏
盛在月儿的盆中
在夕阳下炙烤
做成最后的晚餐

苍天在上
浮生从此浪迹天涯
四海为家
四海为家何处家
远方在天涯

2018 年 6 月 25 日 关山

阳光是个不速之客

从不分季节迟早
原本是
普照天地的懿德
那一个冬天
燃烧炽烈
冰封的河川
竟一无所获

从不问心情好坏
几回在躁动时刻
到来
那一个火星也可以
点燃
焦土般的肚肠
如此灼热

假如在星光之夜
突然光临
多少赤裸裸的情欲

袒露在天台
从此世人撕下
最后一块遮羞布
无耻面对你这个
不速之客

2018 年 10 月 27 日　关山

迎接龙舟的日子

又快到端午节
龙舟在天上
屈原还在苍茫摇橹
开始一年一度的巡游

为屈子而歌
这个节日
不再悲伤
而是进入快乐之舟
天问的楚辞
送给地上的人群
一缕清香三杯清酒
笑问此生何求

为屈子而歌
拂晓时分
寻着北斗七星
去往迎接屈子的旅途

但愿今年
迎来的不仅是五彩龙舟
在汨罗江上
屈子再一次对我挥手

但愿今年
屈子带我登上诺亚方舟
去往苍茫之上
远离地球
在浩瀚的寰宇
屈子伴我远游

2018 年 6 月 14 日　关山

雨后是否升起彩虹

最热的夏天
最大的雨点
几乎在同一时刻
击中我的脸
灼热，燃起眉梢直至
点亮头发
安知头脑沟壑的深浅
滑力，削开头皮下面的污浊
竟想洗净灵魂的苟且

大风强劲吹
把乌云吹向天边
让热浪走吧

让暴雨逃亡吧
留下清静的蓝天
留下一轮鲜艳的太阳
让阳光照亮我的脸

阳光下，雨丝纷纷
随风飘过漫漫地平线
远方
一圈又一圈彩虹凌驾
山峦之间
阡陌之间
江湖之间
彩虹欲凌驾双翼翱翔
可否带上我
飞向遥远的天边

2018 年 7 月 9 日 关山

在 此

——应武职四十五年校庆而作

长江在此
汇一洪波入画
一方水湿我少年春衫

黄鹤在此
却去远岸为家
回首时龟蛇高挂云帆

光谷在此
借八百荆楚为翼
寻梦处弄潮江汉波澜

凌驾[①]在此
学海纵横拓望眼
金声九月唤万丈红霞

长江在此
黄鹤在此
光谷在此
凌驾在此
天地在此
来去几度风雨
天地轮回知为谁

光谷在此
借八百荆楚为翼
无眠中迎接七星北斗

凌驾在此
学海纵横拓望眼
念我初心为锦绣中华

长江在此
黄鹤在此
光谷在此
凌驾在此
你我在此
三年共日月
此生万里梦相依

一句话绽放千百朵花蕊
春风中凤凰涅槃的痕迹

天问
长江在此
黄鹤在此
光谷在此
凌驾在此
你我在此
那山那树在此
初心亦如缘起

你我在此
那山那树在此
初心亦如缘起

2018 年 6 月 11 日　武汉

————————

注：
① 凌驾，指武职所在地凌家山。

载不走一路落叶

季节到了谢幕时光
冷冷秋风
横扫遍地黄叶
随风纷纷飘坠荒凉

叶如枯云

追起奔驰的车轮流淌
风萧萧
仿佛要迎来冰冷寒霜

纵然风萧萧
吹落片片黄叶
随风飘扬
时光的车轮
却载不走一路落叶
风萧萧
落叶伴枯云
向西风
纷纷扬扬

2018 年 10 月 1 日　晚

走一走　停一停

世界太浩阔
找不到最冷的冰凌
尘缘真动荡
何处埋藏不变的深情
雪花欲飘坠
那一泓波澜早已成冰
星光在苍茫苦苦逃亡
哪朵云彩铭记初心

若如在寒风中漫步
走一走　停一停

向前走
可曾重复蓝桥的艳翎
回首暂停
也许遇见遗落的魂灵

今夜有雨
波澜就要休止
寒风吹拂
坠入柳岸数颗流星
不必等待明天的太阳
解冻一脸凝冰

亦如远方飘过的流云
走一走　停一停
总有一天疲惫极限
不知追寻
就在漫天雪花中
立地造化成一座雪人
身体和灵魂合作
一尊佛
伴雪花走一走
伴雪山停一停

　　　2018年12月10日　关山

（七）人生若如一场雪

(七)人生若如一场雪

巴黎圣母院之火

在春天,在北冰洋
解冻的碎裂声里
一团火,一团天火
从天而降
光临了
这座八百年的殿堂
一丛火,一丛地火
从地狱之门而来
升腾在
圣母玛利亚的温床

把卡西莫多带走
带到塞纳河
从此与自由的浪花
一起奔向天堂
把爱斯梅达拉带走
带到西堤岛岸边
一只小船悠悠
载着她
驶向彼岸的乐园

四月十五日的夜空
燃烧了一夜的圣火
映红了巴黎
卢浮宫看到了
火焰的辉煌

埃菲尔铁塔耸立
睁大双眸张望
这难道是
末日的光芒

告别了巴黎
我去寻找圣母
去九天之上
而不是喧嚣的街头
告别了游人
这里不再是安乐的
教堂
上帝,不在人间
在红尘之上
在人心之上

2019年4月18日 武汉

把余下火星送给夏天

普罗米修斯为我们带来了
热量和光明
天下人从此离开茹毛饮血
深入进化的丛林
我们一步一步统治了地球
奴役全部的生灵

因为火,我们燃烧了

亘古的荒原

收获了所有果实

使人类之外的生命

如此可怜

我们正在打造新的太阳

大千世界在火的炼狱中

更加太平

我把周身仅有的火星

奉献

在这个夏天看太阳

灼热燃情

哪怕空空的躯壳

如同行尸走肉

用我的生命之火

助燃万世光明

假如能就此见到

普罗米修斯

我一定把余下的火星

伴太阳爆炸长鸣

我想集合自然界

所有的生物

重现一个生生不息的

快乐伊甸园

让生命之树常青

2019 年 4 月 19 日　武汉

摆　渡

静静一条河

逶迤九十九道弯

谁在此岸

驾驭一条小船

等待你

挂一叶红帆

渺渺红尘

数不清万里黄沙

悠悠东逝水

漂泊若如凡生梦

去留一朵浪花

摆渡！

送君彼岸仙山

何时渡己

找回少时春衫

2019 年 5 月 17 日　武汉

不要箴言

不要睡眠太久

天下万物变幻瞬间

(七)人生若如一场雪

等到睁开双眸
河谷已攀升成高山

不要绮梦太长
大千世界总怕孤单
下个重来的日子
眼前一切与之无关

看远方的路
珍藏昨天漂泊的帆
那一只海鸥
依旧在苍茫之上
呐喊

2019年6月17日 武汉

穿越年轮的雪

从北方来时
寒冰已把山川覆盖
翻过秦岭几昼夜
经历多少咏叹和惊骇

落入江南的大地
峰峦为百岁老人定格
河流凝结白色的浪漫
树树梨花杏蕊
去迎接新年第一个童孩

仅是一场雪
找不到一丝年轮的感慨
一群嬉闹的儿女
正在堆雪人
仿佛带我回归穿越

2018年12月30日 武汉

当时光进入 蜕变季节

当时钟转动不停
世间万物几度沧海桑田
走过无数的山和水
多少的爱与恨不在眼前

当岁月流逝阡陌
躬耕的老翁已忘却曾经少年
绿稻黄了收割几斗几升
养大了子孙何时回到跟前

当时光进入蜕变季节
一树笙花转眼化作片片红叶
阳光与月色记忆不朽
星星如梦纷纷飘坠在面前

2019年2月1日 武汉

断　网

断网的日子
仿佛没有天亮
所有的微信号
空间网友
都一齐消失
世界仅剩下唯一的自我

断网的日子
好寂寞
再也听不到各种声音
没有信息的交错

断网的日子
好快乐
从此消除了各种烦扰
清静的世界
忘了日出日落

　　　2019 年 1 月 18 日　关山

河东　河西

河东已涨水
河西依旧干旱

云往天边漫游
竟忘了彼岸

休言三十年前
安知三十年后
总在睡不着的日子
回忆当年睡不够

东湖水半湖呵
何时把西湖装满
一泓波澜荡心海
梦里曾闻河东狮吼

恍若梦之旅
孤帆远影涛声难断
问一声沙鸥
你可知晓身前身后

　　　2019 年 7 月 30 日　武汉

毁了玫瑰之约

这已不能构成
故事的神韵，从前
缘自君来我已老
故乡，仅相识
那个青葱少年

那一片稻穗流金的风景

已变成异香的花园
那一群放牛的孩提
此刻竟是华发如雪
赶在太阳沉睡之时
在花丛采撷,酷如盗窃

是否毁约,或者放弃
那个梦呓的玫瑰之约
唯愿,君来我青葱
我来君少年
或者,回到从前
一群放牛的孩提
无忧奔跑在金黄的稻田

2019年7月26日 武汉

经　典

三月的田野
开满油菜花
金黄
小蜜蜂在飞
小蝴蝶在飞
那小溪水流长
草丛中
一朵野玫瑰
芬芳

孩提牙牙学语

天真口香
如晨风
如霞霁
轻吻东海露波
刹那
日照春江

2019年4月6日　晨

来一顿免费的午餐

来一顿免费的午餐
不是因为太饿
而是偶尔涌动大同世界的
渴望
如果天下人同吃同饱
岂不完成了几代人的梦想

用不着山珍海味
也不要满汉全席的羔羊
只需普通的自然之物
天地造化乃饮食的力量

来一顿免费的午餐
这种事情不必很多
若许那位杖藜老者
归去来兮终于感受到
饭菜的芳香

为了这顿免费的午餐
你可伴我对酒当歌

2019 年 4 月 25 日 关山

老　刀

这双老手
握紧
这把锈迹斑斑的老刀
出土在秦皇大墓
十万兵马俑前呼后拥
斩断秦月汉关之矛

曾在冰河时代
用十个太阳加热铸造
砍落河汉无数星宿
漫天流星雨
无言的泪滔滔

岁月如梭
在时空的隧道奔跑
转眼百年老身
依然断绝四野荒芜
紧握穿越时空的老刀

操刀！
把四十五亿年的地球
劈叉落荒四逃

挥刀！
破除百万年人间
无数地狱监牢
举刀！
向新生太阳反光
月亮相伴快乐舞蹈

今夜
在太阳山磨砂
在月亮河洗刀

2019 年 3 月 11 日 武汉

玫瑰花开杨桥港

那一泓清澈的杨桥水
娉娉袅袅流过牧马港
流向遥远的东方
芬芳的玫瑰园
朝迎日出暮送夕阳
唱一曲玫瑰花香

时光倒流
不曾相逢的岁月沧桑
那时还没有杨桥水库
没有玫瑰园
那时只有一条古老的小河
穿过金牛的四蹄
穿越逶迤的峰峦

流向大冶湖
流向长江

雨打莲花啊！
神奇的风水宝地
传说的牧马港
神话般的风吹绿涛
十里清荷
如云如月如霞如火

解放的歌声
唤醒了沉睡的莲荷
大跃进的热潮
升腾起杨桥水库的碧波
旧时宫台里
妙现平湖秋月
恍若重造一个太平洋
几多波澜不惊
几度鸟语花香
应是梦中渔米乡

翌日
再上大茗山
放眼南望
玫瑰园已进入莲花宝地
耳边犹闻
改革开放的号角
在古老的杨桥吹响
万亩玫瑰园
弹指间建成
仿佛人间天堂

火红的玫瑰花
怒放在牧马港

清清杨桥水
日夜向东方
流不尽玫瑰芳菲
四季春光
流向大海
听海鸥歌唱

2019 年 3 月 15 日 晨

每个夜晚
都睁大眼睛

太阳升起时星光总是悄然离去
从不享受片刻阳光的温馨
那风吹柳动的长堤
也许正是彼岸迷津

夜深深仿佛深不见底的深渊
星星总在深渊里睁大眼睛
是否？你也想看透万丈红尘
就在今夜降落柳岸
我伴你把人间的困境追寻

或者就在阳光灿烂时来吧
世间的一切看得更清
那漆黑的夜晚

隐藏太多黑暗的心

2019 年 1 月 13 日　关山

面对丑陋

一场雪又一场雪
雪压苍松
枝枝丫丫
酷似华发鹤颜
刹那
黑云从天边来
阴霾漫旋
恍惚妖风扑面
蛊惑那群天真少年

一队雁款款飞走
飞过秦岭
飞向遥远的南天
一伙麻雀
在低空鸣叫
悚然悲声穿透尘烟
几只乌鸦又卷土重来
狂笑着，扑腾撒欢
竟在苍松枝头筑巢安眼

世界瞬刻进入黑暗之巅
邪恶与乱象
混沌凛冽

面对丑陋
那苍松静若处子无言
崖畔
几朵梅花悠悠吐艳
一缕芳菲
牵着冰冷的手
默默向前
走过漫天黑云阴霾
前面就是艳阳天

2019 年 2 月 22 日　武汉

拼凑自我的碎片

如刀的岁月
悄悄地割裂
无声无息
一年两年三年
一年又一年
不知不觉
一刀两刀三刀
一刀又一刀
浑然不见血
自在天地之间
乍然睁开双眼
惊悚！自我
已让岁月之刀
削剐成碎片

（七）人生若如一场雪

人生若如一场雪

悠悠来时，无牵无挂
任凭风吹
或北，或南
亦东，亦西

匆匆走时，阳光相送
或漫长，或短暂
亦陌生，亦熟悉

好一个洁净世界
风清月白
赤条条在旷野屹立
人生若如一场雪
多少爱，多少恨
化作一帘春雨淅沥

2019年1月2日 关山

三问春雨

一问春雨
何故到来这般早
白雪尚未离去
田野依旧可见芳草

后来，不分白天黑夜
甚至梦里
四处寻找
散落在岁月风尘中
自我的碎片
从江南找到塞北
从春天找到冬天
从青葱黑丝
找到华发白绢
俨然梦游
把过去的世界寻遍

后来，在寂静的小屋
封门拼凑
真如旷世闭关修炼
是否？
还能拼成旧时的脸
是否？
还能拼出天真少年
刹那，冷月穿窗闪电
我发现
那最珍贵的一块
随风飘走
随风飘远
恍惚
去了南国
去相会荔枝木棉
去了梦之冰河
去作伴红衣舞雪

2019年2月17日 武汉

那群南飞的雁儿
还在故园逗留

二问春雨
为谁飘逸如此持久
是否真的
冬流到春夏流到秋
一叶孤帆苍茫游
何时登上阳光水岸

三问春雨
因何悲喜没完没了
日无光夜无星月
阡陌迷蒙忽涌海潮
那春姑娘的红裙子
早已湿透芳颜易老

2019年3月2日　武汉

谁在时光的
沙漏里低头

一点一点滴下
流向时光的长河
永远不可再回
看一眼头顶的星星
一闪一闪飘走
从不挽留漫天雾霁
沿着黄昏的小路

落叶铺满土堆
一直走向黎明的旷野
时光的线路
从不言归
抬头仰望北斗
你还会伴我几个轮回
默默低头
找不到旧时铿锵壮语
任凭晨风轻轻吹
把荼蘼吹到绮梦里
那一片黛绿
翌日是否
化作满山红叶纷飞

2019年4月29日　武汉

十六的月亮
离我很近

高高悬挂在天空
恍若就在窗下
伸手可以抚摸
刹那间溜进里屋
与我悄悄对话

静静端坐于树梢
竟忘却寒风潇洒
飘渺一夜白雪
穿越季节的浪漫

（七）人生若如一场雪

你轻轻向我走来
从雪花的呓语
走进春花的梦幻
你离我很近
十五的红月亮
在十六的夜晚

   2019年1月22日 武汉

水岸七层塔

忘却远古
就在春风来时悄然自成
虽不可上朔历史的遗踪
却送给近客一缕旧云

已过了追远思古时令
天下人纷纷远离圣贤之门
万杆桃柳唤不回半边唐宋
仅摇曳满目俗媚的芳尘

远望一座新塔
短短七层几尺黄土攀升
映射静谧蜿蜒的春水
可曾翻拍前世的冰骨金身

   2019年3月24日 武汉

天上是否真有黑洞

地上的人挤破了天
欲打开地球的门环
去寻找新的栖息地
哪里是人类未来的家园

谁告诉我
天上有个黑洞
深不见底无边无缘
可把宇宙间一切吞噬
过去和未来瞬息融化

如果真的这样
请把所有的邪念秒杀
还有恶花毒草妖孽魔法
连同世间最荒诞的梦呓
吸入洞穴焚作烟尘
留一片清静柔风微澜

   2019年6月9日 武汉

天雨中的孤舟

漫天风雨来了
乘着夜色

穿越黎明而来
天连接海
把这个夏天掩埋

安知问谁
沉寂了
冬天的雪月
春天的烟波楼台
可曾相逢
在雨中
那个寻梅童子
踏上凌云的石阶

他往云端危栏
遥望远方
他想乘一叶孤舟
驶向苍茫
寻找梦中的那片海

    2019 年 5 月 25 日　武汉

我们都是传说

寻不到生花妙笔
杜撰一个动人的童话
在这个奇葩的境界
我们都是传说

春天的花终于隐于林间

看到却是满眼婆娑绿黛
那一只蜻蜓正立在荷尖
下一个季节
落红会汇合凋零的秋色

采撷世间所有的素材
构思世纪的梦呓光泽
假如可以目睹隔世的芳菲
我们岂止是一个传说

    2019 年 5 月 23 日　关山

我是雨　不是雪

凡身带不来皎洁无瑕
已染尽半生沧桑
前世的风
今生的尘埃
把我雕成一座泥塑

我不是雪
注定不能相伴梅艳花香
那是纷纷扬扬的赞美诗
那是卖火柴女孩的泪
潸然凋落

今生也许是风吹下的雨滴
甚至汇不入浩荡的江河
有时在烈日下任人践踏

在黄昏日暮伴尘土飞扬

我是雨,一点一点
小小的湿润
没有沉重的负荷
我不是雪,一朵一朵
轻浮的梦影
仅存痴人的情歌

我是雨,我不是雪
我不会在你最冷时
送来万把冰刀
刺破你的心脏
我总在春风温柔时
送来一束浪花
抚平你的创伤

2019 年 1 月 3 日　关山

夏日最后的映山红

白雪皑皑涵养着
冰心玉洁
漫长冬天深根于沃土
不曾湮灭
把生命的全部奉献给
春天
不与迎春争艳
却与桃杏同眠

你是春天极致的美丽
问谁?
望帝春心托杜鹃
那是杜鹃啼血的绝恋
自在人间四月天

季节终不能与你共存
夏季的热风
从太平洋吹来
灼灼火烧云
也不能与你相生
燃遍峰峦的映山红呀!
恰似荼蘼欲绝的
最后风景
仅剩下一株
独自仰望苍天

是否?你发誓
不在春天凋谢
你要绽放最后的花蕊
定格而凝结成画卷
走过炎夏
走到金秋
相伴漫山红叶
直至在冰天雪地中
与梅花为伴
迎接下一个春天

2019 年 5 月 7 日　关山

仙　山

生命之旅漫漫
如日出登高
踏遍青山
攀临极顶远望
方知山外有山

这只是普通的峰峦
不是顶天的喜马拉雅
一座钟楼伸入天空
仿佛聆听上苍的呐喊

此刻钟楼默默不语
俨然庄严古老的梵塔
若如日复一日登高
脚步所到之处
皆为仙山

2019 年 4 月 10 日　关山

向时间致敬

岁月如刀剑
转动一瞬的光念
回首什么也难再见

岁月如流水
走过面前如闪电
人不可两次踏上岸边

向时间低头
譬如钢铁硬汉
也禁不住水滴石穿
向时间致敬
譬如绝代仙姝
怎经得了剥尽芳颜

啊！好一场人间大梦
多少回
梦回青葱少年
好一个红尘痴心
多少人
再也望不见昨天
恍惚
我在大海的彼岸
你在星河的浪巅
试问
那一片云
带我飘向明天

2019 年 4 月 22 日　武汉

小宇宙大爆炸

轰隆隆，轰隆隆
某个春夜

享受一夜春雷震撼
须臾，睁开双眼
却是一片黑暗
呵！这是梦的夜晚
梦的世界
正经历新的大爆炸

自我
亦如这个小宇宙
每时每刻都在收缩
都在酝酿
下一场大爆炸

大脑，似一个轮轴
高速运转
赛过飞驰的骏马
精神，似海啸袭来
翻天覆地
一刻不能停下

我竭力掌控
小宇宙的阀门
不让惊涛骇浪
湮没灯塔
我让梦航的兰舟
沿着心的方向
驶向彼岸的金色港湾

轰隆隆，轰隆隆
这不是梦境
这是生命

千百个轮回的火花
每一个轮回
都是宇宙大爆炸

2019年3月29日　武汉

新生太阳

太阳诞生
在春天即将到达时刻
时轮正午
紫气金光浩浩而来

欢呼！
天地一新万物醒
锦绣山河再添风采
欢呼！
日出东方一点红
鸿雁南归春色满怀

为新的太阳歌唱
几度沧海桑田
几度霞浦东海
纷繁人间快乐常在

2019年1月28日　武汉

休战吧
疲惫的太阳

已燃放了太久的高温
世界焚烧成酷暑
高挂在头顶
俨然那年爆炸在广岛
的原子弹。上帝呀!
多少生物
在赤日炎炎中枯死

对光明的追求
曾寄托于普罗米修斯
阿波罗,终于赐福人类
阳光与温暖的良知
可是,无休无止的赠予
温度日复一日上升
最终人们在热情的炼狱里
奉献了全部,何等无私

祈祷!休战吧
回去做个好梦
梦中的白雪公主
美丽绝伦的白马王子
疲惫了吗?我的太阳
秋天就要到来
寰球同此凉热
那一夜,遥望星空

依旧虔诚的心
高山仰止

2019年8月5日 武汉

雪舞虞美人

雨不解风情
风不思雨润
霜隐于衰叶草丛
雪正在悄悄临近

错过了春杏的花期
剪断了夏荷的清韵
冷落了菊黄的秋歌
仅剩下雪白的冬问

也许又是一季无望的等待
雪花在苍茫坠不下红尘
玉皇大帝把她留在凌霄宫
与嫦娥雪舞虞美人

2018年12月25日 关山

寻觅雨后的童话

一场雨
一场来自夜色的雨

（七）人生若如一场雪

一场把梦中红衣浸透的雨
一场把月亮和星星湮没的雨
潇洒在空漠
淋湿峰峦炎暑
迎着我
在晨雾中走来
踏遍青山不言老的风语

这场雨
洗净了山间林荫路
澄清了绿叶装饰的沟渠
向前方
萋萋芳草
青青碧树
去寻觅
这个夏天的童话
柳岸石榴如火的童话
最后一朵映山红飘落的童话
星星相聚鹊桥的童话

2019 年 6 月 13 日　关山

一场雪走进 2019

祈祷万里骄阳
送旧岁风帆驶入新年
一场雪打破了沉寂
2019 雪中梅花嗅梦魇

别了天南地北的迁客
让一夜风声雪落声带走
所有的失意和眷恋
翘首迎接黎明的太阳
仿佛无数新生命
在雪月梅林中诞生

剪接缤纷的雪花
做成洁白无瑕的彩笺
遥寄远方直至天涯
一树梅花刺破冰凌绽放
在匆匆到来的新年

2019 年 1 月 1 日　武汉

一米之外
即是远方

光的速度
忽略一米或万里
从身边到三十万公里
仅为刹那一秒
人的思绪
却记取身前身后
去年的蓓蕾
是否绽放翌日花夭

走出心的距离
便是超越自我

一米之外
已听不到个体的声调
随风飘逝
那一片云
就在身外
悠然拥抱北斗
远方
或许不似故园妖娆

恍惚，一米之外
如同万里之遥
远方
可否找到梦中的廊桥

2019 年 4 月 23 日　关山

一只春虫爬上树梢

春天的信息
并不是从遥远的南方
归鸿飞报
一重重云一阵阵风
吹过千山万水
来到我面前
春天是否已经飘移
我或许早就衰老

一只虫子
沿着枯干的树身
向上爬行
一步一步爬到最高
它轻轻咬破树皮
渴望早日长出绿芽
召唤春风呼啸
柳絮飘雪杏花飘雪
桃李芳菲再不要终了

一只春虫
正以满腔春心
遥看遍地蓬蒿
或许它要在树顶上歌唱
在树丛间筑巢
或许它要去寻找情侣
来一场轰轰烈烈的恋爱
以报答红尘喧嚣
或许它要养育一群儿女
让树树绿叶滚动春涛
留下阳光雨露
此生此世
不让春天流走

2019 年 3 月 10 日　武汉

一座大山

那不是鼎定北方与南方的
秦岭
也不是耸立彩云之上的

（七）人生若如一场雪

玉龙雪山
谁企望凌虚去登极
喜马拉雅
何曾幕阜图腾而羞煞
一江波澜

那只是简简单单的
一座山
横亘在脚下
一次又一次跨越
从未有一丝畏葸犯难
假如有一天
这座山渐渐升高
伸入九霄之巅
相抱浮云遮望眼
那一天
是否再也不能跨越
这座大山

我们的心头
是否？
总是高耸一座大山

2019年5月14日 关山

用我一头白发
换来一季春色

飘雪的日子
独自伫立在冰川之上
用我的身体塑造一个
冰河时代的雪人
融雪的日子
解冻于波澜柳岸
化作一泓春水奔流
流向大海去迎接自由女神

昨夜青丝
在一季冬天蜕变成雪雁皎云
如这一江春水
终究奔向大海无悔一世风尘
假如，用我一头白发
换来一季春色
这是人世间最美丽的风景
亦如花开山河
飞去飞来九万里芳菲动人

2019年1月26日 武汉

油菜花的命咒

在清明到来时
黄透了遍野
秒杀玫瑰
小麦的绿衣泛起碧光
仅只为你作最后的谢罪

成百人成千人涌来
春天不能入睡
因为混沌的空气
窒息了那个梦中的红颜
假如艳慕你的美丽
桃花匆匆离开凋零崩溃

每一座山每一条河
都弥漫着你的芳菲香味
蝴蝶飞在你头顶
舍不得今生抽丝蜕变
飞呀飞，被风吹走
云和雨
可曾汇合生成雷鸣交会

啊！就到了清明
叩拜黄土下的故人祖辈
亦如油菜花的命
烟花爆竹祈祷的符咒
或送到天堂之上
或埋在黄土地

翌日当你脱尽芳华
把你的果实全部碾碎
乡民吼着快乐的号子
用石头与木棒
更猛烈碰撞作对
你在阵阵剧烈的浓香中
死去，投胎，新生
问谁为你心痛流泪

去旷野
再看一眼
油菜花烂漫欲醉
明年重游
那一只蝴蝶
是否还在风中飞

2019 年 3 月 25 日　武汉

有或无

滔滔东逝水
带走尘世一切风物
尘埃，枯叶，泥沙
荡涤多少笑
多少哭
若逆流而上
至大川深山林壑

清涛碧水
蕴涵在仙峰峡谷
真的世外桃源
珍藏于琼瑶天域
一盅美酒
任凭风霜雨雪
坚守圣洁的理念
不入陋溪俗流
持恒的力量
功在时空的磨洗
千回百转
大千世界所有
不在乎
究竟有，还是无？

2019 年 5 月 10 日　武汉

娱乐至死

夏天最热的时刻
飘然而至
在彻夜的暴雨中
在黎明前的狂风中
喧嚣奔驰
太阳从风雨中
脱颖而出
仿佛一个新的生命
横空出世
小鸟飞腾了

蝴蝶飞腾了
那树树青禾绿叶
在风中飞舞
跃跃欲试
一起翱翔吧！
飞向太阳
陶醉夏天最热烈的
阳光故事
看那群夜莺
在烈日下纵情歌舞
娱乐至死

2019 年 6 月 23 日　武汉

雨为太阳洗澡

黎明前下雨了
给太阳洗个澡吧
百亿年光阴飘然而去
你从来没有认真清理
宇宙风，太空尘
地球人类抖动身体
把所有的污垢
让你的光和热吸收
再向苍茫释放轮回

感谢连绵不断的雨点
为天地
补充了源源不断的水

地球得以转动不停
万物得以生生不息
感谢天神伸出圣手
悠悠而来为太阳洗礼

今天星期五
明天不早起风雨兼程
让我们好好休息
在这个周末
雨不要休息
把太阳洗得干干净净
给我一个清洁世界
山青水碧
天下大美

2019 年 1 月 4 日　武汉

远望江汉

巍巍秦岭纵横
从此天下分北国南方
绵绵延延千里
岂止一江水的展望
把皑皑白雪化作
一泓春水
带入浩浩长江

我在汉水之南
栽一棵杨柳轻抚
波澜泱泱

种一株桃花夭夭
泛春水流淌
翌日或许望见
桃花杏雨满春江

云轻轻飘来
带着东方日出的朝阳
春水东流去
是否？把童年的纸船
挂起白帆
乘春风
带到大海的尽头
海鸥飞处
曾是梦之故乡

2019 年 3 月 23 日　晨

中山国
那棵摇曳的青禾

从春秋走来，从白狄走来
已不识滹沱河边野花袭袭
迎风招摇
把那清澈的水波
荡涤成一片一片云朵撕裂
那乱草丛中
已找不到历史的遗迹
站在你的头顶
你的天空

（七）人生若如一场雪

也曾流过红霞
流过太阳的水滴
你把崇拜大山的情愫
泛入滔滔滹沱河中
默默流走
依然生生不息
你走过了戎狄、鲜虞
走进中山国的城垣壁垒
你把英雄的悲壮
定格成一个
民族不屈的绝世经历
你把全部的爱和恨
留在太行山下
滹沱河畔
每一道水
每一片草地
每一座山脊
你看！那株摇曳的青禾
正在悄悄对谁说
呵！中山国
曾经在华夏
如此美丽

2019 年 7 月 10 日　正定

钟楼忽如梵塔

早已听不到暮鼓晨钟
掠过东方片片红云
晨风中一群青葱少年
匆匆忙忙闪烁的身影
走过钟楼
聆听朗朗读书声

这座年轻的钟楼
却禁不得风雨凋零
周身已斑驳
恍若百岁老人
低头俯望
多少韶华正妍的身
多少青春驿动的心
如那郁郁葱葱的松柏
如那风中绽放的杜鹃

你若百岁老人
此刻化作佛陀一尊
带着这群少女少男
由此岸渡向彼岸的天真
此刻顿悟：
钟楼忽如梵塔
就学亦似修行
行万里路
读万卷书
凡身恰似风中之尘

可否？带着年少的身
炽热的心
捧着朵朵仙荷
向往极乐世纪的远行

生命就是一场远行

问谁？
相送一程又一程

    2019 年 3 月 20 日　关山

总是匆匆

岁月流转
似地球追赶太阳
太匆匆
四十五亿年
来不及一梦

生命的航程
说走就走的旅行
太匆匆
等不到与太阳告别
月亮船已入柳岸
对话星星
柳树下的梦

    2019 年 4 月 15 日　武汉

最温柔的风

这是暮春温馨时刻
田野飘逸花草的芳菲

最温柔的风
凝结雪花的玉颜冰骨
从九天飘坠
飘向夏日暖暖的河流
那里清荷欲放
榴花红了一地

那个挖野菜的小孩
早已被踏青的过客
带到天涯
日暮不见雁归
空旷的田野
剩下一头孤独的老牛
踽踽走向山前的坟堆
它的老主人
是否也在享受
最温柔的春晖

风温柔吹
吹向黄昏
今夜
星星是否哄着
那挖野菜的孩子
酣然入睡

    2019 年 3 月 26 日　关山

(七) 人生若如一场雪

婀娜娉婷

2023 年 2 月 9 日 武汉

春雨礼赞

假如来一场雪

连连绵绵
白天黑夜不停
雨纷纷，恰如雪
把去年的遗憾补回
哪怕黑夜伸延
看不见黎明

冷风穿越重云
拂晓依然迟迟没有光亮
也许最冷时刻
脱不下厚实衣裳

尽管从初春延续
至盛夏
天洞大开
扯不断线
抒不完的情
把大地变成沼泽
把江湖变成海
河深海深
岂止百寻千寻

躲在黑夜里浑浑噩噩
忘却鸟儿呼唤
漠漠天空找不到太阳

假如来一场雪
悠悠荡荡或是一种时尚
掩埋大地白茫茫
所有的黄橙蓝紫杂色
全部被洁白隐藏
真的纯真天使

送我一叶舟
在春波里漫游
沧海无穷尽
彼岸海天平
看一眼春雨潇潇
春水柔柔
赞一回波澜深处
或见天外仙姝
红衣绿袖

送你一副好皮囊
给我冰雪洁净的向往
一切的美丽
化作白雪公主的童话
纷纷扬扬

2023 年 1 月 23 日 武汉

空　地

这年头
收拾好纸和笔
不涂鸦花鸟
不写枝不画叶
乃至寸草不生
空空如也
最后成为一块空地
雪花飘的日子
堆一个雪人
多么超凡脱俗
纯真圣洁

等待春回
在这里种一棵树
朝沐晨曦
暮饮滴露
直向凌霄云之巅
呵！风和日丽
栉风沐雨
又一次梦回空地
仰望独木参天

2023 年 1 月 4 日　武汉

沐浴第一场春雨

滞留在寒冬
漫漫长夜与冰雪为伴
或在凌霄
架一座晶莹剔透冰桥
连接起冬与春
当第一滴春雨沛然而下
这里的黎明静悄悄

第一个迎接你的人
或在风尘仆仆中
忘了四季更换
或沉湎于虚无之境
网红热搜
但见那个独行者
踽踽踯躅绵绵细雨中
走过江东堤岸
步入河西老桥

那一湾
波澜不惊的春水
此刻找不到一朵浮萍
桃花流水时节未来
两岸荒芜
看不见半点妖娆

沐浴第一场春雨

（七）人生若如一场雪

一点两点偶尔湿头
沿着一湾春水漫步向前
一直走向芳菲天涯路
桃花杏蕊满天飘
远方，或见春色如画
朝晖夕照
一帘春风
带走几多眷恋闲愁

2023 年 2 月 8 日　武汉

年轮的圈层

经过一季寒冬
霜刀雪斧来回切割
增加了树木的时年记录
霜冷无雪
那千年神龟往何处
冬眠栖宿

冬已过，春风缓缓吹来
把故事的彩笺接触
翻开新一页
雕刻年轮的圈层
了然穿越冰河时代
进入春暖花开的梦游
恍若翻开一部史诗
让后来者夜以继日阅读

岁月不曾老
伊人却老去
来来回回断断续续
曾经的青春年华
此刻却是斑驳陆离
全然没有
一丝春色半缕黛绿
试问谁之手
如此无情
生生脱去了韶光霓衣
留下一具枯朽空壳
任凭抛弃在时光之河
找不到归宿

2023 年 2 月 7 日　武汉

日　出

第一缕朝晖
送与谁
老天与我商量
可惜不懂天之语
梦太漫长
误了起床时间
走出门
熙熙攘攘的人呵
兴冲冲分享了太阳

或许等到黄昏

落日一炉火
熔炼座座金山
顿悟
大千世界如此辉煌
今夜早睡
放弃一切梦魇
黎明前早起
展开双翼
独享新的太阳

    2023 年 2 月 25 日 武汉

听鸟呼唤

鸟儿唤醒了黎明
直至阳光照亮阡陌
依然呼唤不停
那群伙伴
正往东方飞翔
落脚在遥远的街亭

真不想雪花那个飘
油然走进春天的山林
鸟语花香何等美景
或可听见牧童竹笛声声
梦回孩提时光
暖风中追逐蜻蜓
蝴蝶的翅膀
颤动花开花落

无限风光
恋恋红尘别样风情

    2023 年 1 月 11 日 武汉

杏花之春

第一个绽放
在春风中
雨后初晴的拂晓
不是梅花或迎春花
走近看
树身犹枯干
几朵杏花
悄悄的风中颤抖

开花了，不如怒放
何必躲躲闪闪
莫怕一花独放寂寥
倘若
你是春天的使者
就大大方方走到前台
向世人大声宣告 --
春天来了！

真想摘一朵杏花
珍藏
可惜树太高挑
伸手攀不够

堪怜
花朵儿太少
假如残忍攀摘
犹恐
姗姗来迟的春天
就此溜走

2023 年 2 月 24 日 武汉

阳光与醒梦人

最晚梦醒者
并不是梦游人
或许这个漫漫长夜
黑暗中总是无人同行
夜太深
问君是否沉沦梦魇
竟忘却人世间
滚滚红尘

期待太阳升起
雄鸡一唱唤醒梦人
倘若今日阴雨
黎明不见太阳上升
鸟儿的翅膀
掠不过重雾浓云
问君是否接续好梦
不愿回归返程

倏忽睁开双眸
望窗外
太阳早已升起
白云燃烧成红云
阳光灿烂
终于照见醒梦人

2023 年 2 月 19 日 晨

一个人的天

阳光灿烂的日子
天空云集
冷风吹拂寒水
却吹不落
太阳的光辉
鸟无语
花枯萎
不见鸿雁追随

好空旷的天
一望无垠的地平线
寻觅春之蓓蕾
一步一步向前走
何必一步一徘徊
寂静的时候
真好！
自由的天空
无拘无束的大地

独候雁北飞
春南回

    2023 年 1 月 25 日 晨

元宵之城

城里的月光
时隐时现
带着朦胧穿行苍茫
总不及乡村旷野
洁白光亮
月是故乡明
此刻，城里的人们
可曾
身在他乡思故乡

拂晓，只见雾霾迷糊
不见鲜艳的太阳
或许今日阴天
太阳正在追逐月亮
元宵之城
期待夜幕降临
那群无忧无虑孩提
点燃烟花爆竹
指点嫦娥
直奔月亮之上

是谁？依然寻觅

那颗星星
闪烁在无边苍穹
啊！那是七星北斗
送给人们天明和温暖
芸芸众生
尚有明天和希望

    2023 年 2 月 5 日 元宵节

纸　命

命运如纸
焉知
上苍如何安排归宿
一切的动作棘手
谁能做到超凡脱俗

就其绘一幅绝世图画
奈何无限风光在身外
两只肉眼看世界
安知潮起潮落
波澜壮阔

就其写一篇旷世奇文
沉浮历史长河梦游
一双粗手执笔
可否写出
新世纪《神曲》

还是把它
折成一只纸船吧！
放入奔流不息江河
浩浩然随波漂泊
去大海
伴随海鸥
一飞冲天冲出炼狱

至善至美的回报

2023 年 2 月 15 日 关山

2022 年 12 月 30 日 关山

最早一缕绿草香

早起
鸟鸣催生太阳
多么熟悉的节奏
太阳升起来
遥远东方一片红霞
凌驾鸟儿的翅膀
飞去飞来
怎么也看不够

春天如约而至
纵然风冷十里外
春寒料峭
推开门踏青而去
嫩草初芽
把最早一缕绿草香
送给你
无私大自然

下卷·古体诗词

(一)楹联·绝句

（一）绝句

题茗山杨桥楹联

幕阜北移
承杨桥水润牧马港[1]
雨打莲荷[2]
玫园菡香[3]
济苍生止斋兴学宫台里[4]

紫气东来
泽大冶湖滋古铜都[5]
剑鼎吴楚[6]
群贤德馨[7]
安社樱苏轼酹茶桃花峰[8]

2017年3月12日 夜

注：
① 桥港自杨桥以下古称牧马港。
② 牧马港对面古为"雨打莲花"的风水宝地。
③ 杨桥牧马港在玫瑰园之内。
④ 指宋代大儒万止斋所设止斋书堂。
⑤ 大冶为古冶炼旧地，以铜绿山最著名。
⑥ 楚国兴，乃功在冶炼技术。
⑦ 茗山自古群贤众多，"山前三阁老，山后九状元"。
⑧ 苏轼曾往茗山盛赞桃花茶之清醇。

茗山书院楹联

——亲历茗山书院创立，瑞气祥云浮动，尽日思绪连绵，谨献此联寄怀！

望月　高挂中天　忽缺忽圆
桃花茶醇　垂怜前贤后学

听松　低昂厚土　若忧若喜
苏郎诗苦　钟爱老身新生

2017年3月3日 凌晨

七绝·秋水吟

一泓秋涛流向东，
西来霞霓满天红。
巫峰影入水云里，
峡谷身在雾雨中。

春江弄潮驾鹄鸿，
蓬湖回钩杖渔翁。
昨日摘桃敬老朽，
今夜抚栏唤牧童。

远望篷舟啸冷风，

浩浩万里自空蒙。
秋江黄鹤拥白云，
恬澜深深吊遗踪。

2016年8月14日 晨

七绝·立秋之后
（二首）

一

柳岸忽闻黄莺飞，
破晓东风隐晨晖。
堪忆燃灰秋临门，
怅望云雀不知归。

二

长堤野菊出香帏，
凌澜仙姝绽妍菲。
秋水悠修天欲雪，
晚风卷帘舞青衣。

2017年8月8日 晨

七绝·叩杨成武

武夷山秀汀江平，
傲骨男儿拥救星。
若到人生英武处，
一将胜却八千兵。

2018年7月4日 福建长汀

七绝·长夏（二首）

一

残春谢梦柳丝长，
别岸莺啼菡萏香。
尽日骄阳难舍手，
夤天夜火欲焚床。

二

汝回十日遭洪荒，
心眷流年卧楚湘。
昨夜陶公桃野宴，
应过夏魇醉秋霜。

2018年7月26日 武汉

七绝·梦得（二首）

一

脱胎粟色出空城，
身正经韬所谓名。
离俗圣贤平古道，
柔情傲骨可精英。

二

一场豪宴因谁烹，
三幕大戏莫自鸣。
夜数流星飘渺尽，
春秋穷究悟枯荣。

2019 年 8 月 9 日 武汉

七绝·初秋（二首）

一

久困炎熏夜不眠，
欲飞北雁驾南天。
秋风乍起澄波寂，
晓雨匆来翡翠妍。

二

映日芙蕖结子怜，
夺眸菊蕾放卉嫣。
但忧冰雪凌霄至，
半旧霓裳倍冷煎。

2019 年 8 月 12 日 武汉

七绝·残暑（二首）

一

残暑疯狂八月天，
青葱绿黛化云烟。
薰风活炙东湖柳，
热雨生吞汉水船。

二

蛙卧西山野草巅，
蝉鸣南院老枝悬。
寒秋突兀潜长夜，
暗把冰霜隐壑川。

2019 年 8 月 31 日 武汉

七绝·火热中秋（二首）

一

往昔中秋冷两分，
澄波碧水浸罗裙。
今逢十五胜三伏，
归雁千行共一焚。

二

未闻丹桂逸氤氲，
却吻嫦娥举袂雯。
挥斧吴郎燃火月，
捡来不昧乃真君。

2019年9月13日 武汉

七绝·春问（二首）

一

朝雨岚烟没晓尘，
遥怡叶绿自疑真。
城头花艳焉知我，
亭畔莺歌欲寻春。

二

南国燕来缮紫唇，
东方鹤去覆红麟。
大江终有枯流日，
何处清波洗净身。

2020年2月26日 武汉

七绝·来回（二首）

一

独驭孤帆过万洲，
几回欲上九霄楼。
旧时风韵埋沙砾，
昨夜英豪吊楚囚。

二

曾经胜败不能休，
莫问来回为汝求。
媚眼金刀凉冷月，
错将秋雁赋春愁。

2020年5月17日 晨

七绝·梦得偶记

豆熟江南木叶凋,
骑牛童子过廊桥。
霜林自在斜阳晚,
沧海浮云欲涨潮。

2020 年 11 月 12 日 关山

七绝·江望(二首)

一

漫天冷露拂深秋,
接地彤云隐别愁。
群雁南飞空白夜,
幸逢晓日挂高头。

二

几杯浊酒守江流,
轻抚亭栏觅旧舟。
望断千帆天上去,
安知逝水有时休。

2020 年 10 月 12 日 晨

（二）律诗

七律·登延安凤凰山

凤凰山上试初游,
凤往东海延水流。
凭吊黄龙方鬼域①,
犹忆魏秦长城楼②。
三论宏著开青史③,
一缕新光照神州。
莫叹重云暂蔽日,
秋翁不笑杞人愁。

2016年8月22日 凌晨 延安

注:
① 距今三万年延安已有黄龙人生息;约前13世纪,延安属独立的方国鬼方之域。
② 战国延安大部属魏,史记载魏筑长城。
③ 指毛泽东在此写下《实践论》《矛盾论》《论持久战》三篇名著。

七律·茗山感怀

幕阜图腾茗山峰,
紫气金光浦蛟龙。
奇石流泉沧海远,
峻松擎云弥天宗。
安将群峦升千仞,
不负春风荡九重。
鹏程万里会豪客,
往来江湖任从容。

2016年7月27日 午

七律·赤壁感怀

独倚江洲梦楚游,
吴山赤壁水自流。
潇湘北回胭脂泪,
扬子西归黄鹤楼。
遗爱新滔皆虚景,
寒溪古寺成荒丘。
终将浮云追初日,
苏郎不见忆旧愁。

2016年9月7日 关山

七律·秋藏

遥寄江天云色黄，
芳心若水鬓发霜。
一觚浊酒催孤客，
两行归帆别故乡。
曾往东山栽甜豆，
更依北湖拾荒粱。
剪接琼草春花秀，
不上高丘作宝藏。

2016 年 9 月 14 日　关山

七律·大暑

又忆经年极热时，
谁煎伏茗祭先祠。
城头腐草汗萤翼，
柳岸滋泥溽暑帷。
龙王今朝难布雨，
子牙①此日未垂丝。
屈平②已上兰舟远，
送我离骚补破椇。

2018 年 7 月 23 日　武汉

注：
① 子牙，指姜太公(姜子牙)。
② 屈平，指屈原。

五律·吊秋白

平身沧海事，
主义存千秋。
漏舸求真理，
忠魂唤自由。
才高倾泰斗，
命硬盖金牛。
直面生如死，
难忘爱恨仇。

2018 年 7 月 4 日　福建长汀

五律·夏阳

平沙敲梵磬，
汉水入江东。
邪亘危峦上，
刁横灼雾中。
何堪悲后羿，
可慰拯神弓。
烬煽遗方土，
创生一世空。

2018 年 7 月 17 日　武汉

(二) 律诗

七律·虎门寄怀

时逢八十此日春，
几度风雨莫先人。
渔父举火荫家困，
竖子挥戈济庶贫。
穷途不言鸿鹄远，
荒漠始觉幼狼纯。
十万旌旗今安在，
满目芳菲醉红唇。

2018年4月14日 凌晨 大悟

五律·长沙

—— 为同学四十年而作

潇潇湘水岸，
黄鹤眷长沙。
斑竹煎冰泪，
金戈唤铁筘。
北望江汉近，
南撷荔枝葩。
桂子今秋熟，
同庆十万家。

2018年10月9日 关山

七律·廪君词

武落钟离直亘冲，
土家①五姓数巴中②。
敢教夷水生雄子③，
竟向盐雌挽射弓④。
一枕碧涛潇瀚海，
百寻青剑到川东⑤。
仰望挚手呼牛角，
应赴清江作钓翁。

2018年9月26日 晚 长阳

注：
① 土家族祖先巴务相为首领，称廪君，初居武落钟离山（今湖北长阳土家族自治县境内）。
② 土家族有巴、樊、晖、相、郑五姓，巴氏之子为五姓之首。
③ 巴氏廪君势力壮大后沿夷水（清江）向西发展。
④ 巴氏廪君到盐阳（今盐井寺）射杀盐阳女部落。
⑤ 巴氏廪君征服盐阳女部落后向川东扩展，成为廪君时代巴氏族社会。

七律·桂子山

——为政治系78级同学四十年而作

昔闻桂子色斑斓，
衾夜青灯瘦骨颜。
江汉春潮星月静，
梭罗[①]秋雨水云闲。
及笄[②]俯首登高地，
而立[③]回头伏泰山。
四十流年真太极，
万般胜境亦雄关。

2018年10月8日 夜 关山

注：
① 梭罗河：位于湖北京山县，当年大一就读于此河畔。
② 及笄：古代指女十五岁，此言当年入学时同学最小者不满十五岁。
③ 而立：古代指三十岁成人此言当年入学时同学最长者已过三十二有余。

五律·天创新年

春风升暖夜，
江汉入新渠。
炮竹漫乡野，
祥云近屋庐。
梅香沧海韵，
星耀烈浪渔。
天狗开寰宇，
金猪驭帝舆。

2019年2月5日 春节

七律·向北

栉风沐雨向北飞，
京都旭日照阳薇。
偶闻中冀商家阔，
却羡白洋草蟹肥。
百岁红尘归净土，
五洲豪杰竞朝晖。
楼高万丈浮云阁，
何处收寻少小衣。

2019年7月7日 武汉—石家庄

(二)律诗

七律·庚子江城

庚子重回却疫年,
谁烹貂鼠楚江边。
白云低落三千里,
黄鹤孤游两百旋。
梦断龟蛇应去病,
水滋琴瑟可修弦。
何时静卧含鄱口,
远眺芳菲杏树眠。

2020年1月31日 武汉

五律·遥遥黄鹤楼

遥遥黄鹤楼,
江汉白云稠。
琴断咽流水,
舟倾笑弄潮。
神游三楚鸟,
偏作九头囚。
五月梅花落,
谙怀千古愁。

2020年2月25日 武汉

七律·倦客

倦游江海折藩篱,
渐入繁华忒妄痴。
哭笑同台多演戏,
爱怨共盏少搔姿。
炎天灼灼宜酣酒,
寒夜寥寥枉画眉。
豪宴尽欢无旧客,
一帘春色醉醒谁?

七律·江汉怀古

夏雨榴红鹊露空,
龟蛇夜梦入苍穹。
汉江荡漾穿秦北,
秦岭纵横毓汉中。
谁吝琴台遥楚韵,
伊崇银杏抱清风①。
波澜重蹈叹流水,
仰止高山百仞翁。

2019年7月5日 武汉

注:
① 指汉阳树(银杏)所在地,张仁芬取名"怀清斋"。

五律·凡身

凡身如大梦,
乐趣恨超时。
一旦花飞尽,
三生石琢迟。
常遗青杏眷,
转馈白头痴。
独立残阳晚,
黎明问汝知?

2020 年 7 月 9 日 晨

七律·无题

琼楼欲雪隐红尘,
烟雨孤舟越楚津。
青眷瞳瞳幽梦远,
韶颜滟滟绮情泯。
弄弦方觉新弦短,
煮酒应知旧酒醇。
饮尽江湖千十斗,
樽前何处赎金身?

2021 年 12 月 27 日 武汉

七律·即步耳顺寄怀

朝闻天命无情潜,
伊奈流光灼艳颜。
九月红衣桂露暖,
十年蓝雪霁云娴。
同航再别潇湘水,
彼岸重回江汉关。
耳顺更寻蓬野老,
离愁此狱舞仙山。

2021 年 8 月 21 日 武汉

七律·咏虎年

缘何虎啸恐蛟龙,
戏虎危峦越九重。
竖子野村燃爆竹,
老翁陋室剪苍松。
可怜猫秀涂生虎,
莫笑蜻衣惹乱蜂。
更鼓一声年虎至,
欲操冷月暖枯胸。

2022 年 2 月 1 日 武汉

(二)律诗

七律·望茗山

望茗山头雁又回，
横流沧海听春雷。
谁怜茶竹共云长，
伊抱松梅向日栽。
台上尊师超圣父，
席前同学越奇才。
金盅银釜千杯少，
黄叶红衣放梦来。

2022年5月17日 茗山

七律·春寒

春寒应在夜阑时，
星隐重云月兔离。
楼下柳芽思咎省，
亭前桃蕊欲摇姿。
环妃有恨燕归早[①]，
英妹无怨伯访迟[②]。
倘若巫山横断水，
海枯潮绝却依谁？

2021年3月2日 武汉

注：
① 参考"环肥燕瘦"之典故。
② 参考"梁山伯与祝英台"之传说。

五律·落叶

落叶萧萧下，
攀高忆老家。
河深冰水冷，
港断牡牛嗟。
严父携慈母，
粗粮拌苦茶。
年年望雾月，
日出嗅梅花。

2023年1月12日 武汉

（三）词

(三) 词

玉蝴蝶

金色韶华如昨，烟波渺渺，星海流芳。携手游青，目送孤舫开航。抚童子，花如朝露，吹玉笛，韵亦飘香。久牵怀，惊鸿暮返，云水茫茫。

而今，秋风飒爽，丹枫片片，寂寞斜阳。故友归离，莫怨世态本清凉。又举杯，月前长饮，犹醉倒，雨夜潇湘。却回望，风中彩蝶，霜冷寒江。

2007 年 10 月 10 日 武汉

采桑子·秋红

清荷渐放秋千后，晚菊殷红。
柳色空蒙，桂华穿窗影玲珑。

笙箫未冷频添酒，四野飘风。
皓月帘空，翌日轻帆入蟾宫。

2016 年 8 月 10 日 午

采桑子·上杭

骄阳热雨汀江水，爱说上杭。
今入上杭，犹见硝烟煮酒香。

一花一木嫣如梦，漫道荣光。
几度荣光，汀水苍茫凝似霜。

2018 年 7 月 3 日 福建上杭

忆秦娥·访娄山关

烟雨热，千夫来寻关山月。
关山月，赣江沧溟，楚湘风雪。

日搜夜剿刀戈切，舍生求死周天裂。
周天裂，往昔旌旗，明朝安折。

2017 年 7 月 7 日 凌晨 遵义

生查子·秋月

夏花灼热江，日暮望霞霁。
月晕火枝开，星斗冰河闭。
秋花别夏江，红菊飘芳祭。
只待月圆时，执斧哀丹桂。

2018年8月7日 武汉

忆江南·八一（二首）

一

燃星火，赣水日长流。突忽洪都①枪一响，扶摇烈焰拯黎囚。举帜问何求？

二

鸿南去，红叶满山秋。湘赣杜鹃漫日月，工农赤色遍神州。天地在心头？

2018年8月1日 武汉

注：
① 洪都：南昌古称。

如梦令·说梦（二首）

一

蛊溺风吹云动，半夜神游天洞。
酹酒欲同庆，恍惚禅林栖凤。
痴梦，痴梦，可恨一应成空。

二

戏说稚童能动，牧野骑牛穿洞。
竟飞此仙山，误把雀儿当凤。
嘲讽，嘲讽，莫悔四方皆空。

2018年7月31日 武汉

浣溪沙·吟病

命馈平民晓日迟，
秋风秋雨赋秋辞，
偏逢落叶飘蓬时。

忽感炎凉身作病，
几回冷热体虚痍，
却温浊酒入秋池。

2018年9月2日 关山

(三)词

清平乐·古田

古田巨变，往昔多鏖战。
党指挥枪从未怨，锦绣中华显现。

和风送暖汀江，人间春色上杭。
圣地荷花璀璨，为谁日夜奔忙。

2018年7月5日 福建古田

十六字令·天（三首）

一

天，十日连横岂倒颠。
神弓羿，留我恨盘旋。

二

天，自在寰球独孤眠。
人无事，莫向日边悬。

三

天，多少风云接雪川。
骄阳尽，剩下有几年。

2018年8月1日 武汉

渔歌子·夏泳（二首）

一

记否青葱好少年，池塘村野小河边。
衣脱净，水霖漪，偏痴烈日艳阳天。

二

谁寄瑶琴续断弦，清荷遗梦柳丝眠。
萤火闹，伴蛙涎，潮平彼岸可临渊。

2018年8月1日 武汉

捣练子·学童（二首）

一

伢学语，鸟听声，作伴星光去远征。
长恨人生欢乐少，秧龄稚子问功名。

二

惊拂晓，恐听莺，穷尽书卷梦魇行。
岁月无知催汝老，红尘路远太峥嵘。

2018年8月2日 武汉

点绛唇·执手

似水流年，秋风春雨招招手。
撷星缠柳，拂晓谁相守。
半月犹望，云鹊知来否。
荷成藕，瘦梅清酒，独醉重霄九。

2018 年 8 月 8 日　武汉

忆王孙·书怀（二首）

一

重重壑岭掩山门，隐隐波澜隔水村。冷雨青灯梦始存。叙天论，独守黄昏唯至尊。

二

流年焰火照柴门，霁月甘霖暖小村，破晓鸡鸣梦必存。死生论，一缕霞晖拓纪元。

2018 年 8 月 2 日　武汉

菩萨蛮·秋夜

长空澹澹烟如雨，犹缠梦魇三更苦。
落叶又敲窗，迁莺唱大江。

热风长夏去，黄鹤今何处。
煮酒问嫦娥，吴郎执斧柯。

2018 年 9 月 3 日　关山

调笑令·夏雨（二首）

一

今夏，今夏，雨水忘了天下。江流告别汪洋，树叶不逢冷霜。霜冷，霜冷，可否夜来梦境。

二

望雨，望雨，望断星河更苦。江南塞北焚囚，万水千山火流。流火，流火，燃起一江渔火。

2018 年 8 月 6 日　武汉

长相思·立秋（二首）

一

日火烧，夜火烧。浩荡大江不喧嚣，燃干半海潮。

月迢迢，星迢迢。暮霭沉沉夏梦摇，秋风上紫霄。

二

汉水遥，楚水遥。鸿雁南飞荔蕉妖，潇湘却北漂。

雨飘飘，雾飘飘。秋后江南万木凋，韶光照九霄。

2018 年 8 月 7 日　武汉

卜算子·咏桂

天冷日秋深，金风怜星雨。飒爽萧萧菊未黄，今夜君为主。

本自广寒来，堪恋吴刚斧。但愿团圆月好时，煮酒同甘苦。

2018 年 9 月 22 日　武汉

虞美人·秋江

少年绮梦秋江上，轻叹澄波爽。青帆白雁隐归踪，不忍斜阳坠入彼山峰。

往来柳岸风依旧，举袖芳菲嗅。走过弯路欲回时，却道一腔情愫笑谁痴。

2018 年 9 月 21 日　武汉

摊破浣溪沙·中秋

眨眼凉风冷半天，更闻仙妹拨丝弦。月落休教攀桂客，鹊桥边。

遍洒九州颜似露，曾经沧海泪如妍。梦在江南烟雨夜，月儿圆。

2018 年 9 月 24 日　中秋节

桃源忆故人 · 暮色

怅然花谢凉秋节，杨柳晓岚波折。
离雁孤翼巡悦，远岸东风烈。

偏寻皓月滋寒澈，暮雨沐星潮冽。
老树冰河梅谲，梦说漫天雪。

2018年9月24日 武汉

减字木兰花 · 秋分

天空凉转。始觉秋归寒岸浅。
蝶去何方。望断帆飞似远航。

月钩星斗。昼夜均平相行走。
农节丰收[①]。泽惠苍黎百世求。

2018年9月23日 秋分

注：
① 第一个"中国农民丰收节"。

太常引 · 山问

不为神女卸红妆。夜月竟如霜。三峡几回望。乘紫气、凌虚大茫。

秋江眼底，朝晖暮霭，谶语问萧郎。来去水云凉。几杯酒、沉沦宿浪。

2018年9月25日 晚 宜昌

醉花阴 · 霜花不语

误释霜花枯蝶语，红遍秋江渚。兰舫顺波流，夜半歌声，借问谁家女。

鸿雁高飞望吴楚，难觅神仙墅。远岸雪飘飘，无奈寒冰，得忆东南旅。

2018年10月12日 关山

(三) 词

西江月·酒冷

暮雨已过江畔，清霜迟降枫林。
不闻前夜鼓箫沉，画舫归帆野岭。

五十春秋朝露，八千里路尘心。
又听荒苑落花吟，秋蝶吴歌酒冷。

2018 年 10 月 11 日　武汉

浪淘沙令·荒芜

鸿雁又南飞，遗落春衣。来来去去杞人非。白发终须为葬爱，霜冷朝晖。

陌路岂相违，雨雪霏霏。芳花碧草似重围。直至荒芜穷尽矣，还等谁归？

2018 年 10 月 12 日　关山

南乡子·湘

笑橘子洲忧，雁望潇湘百尺楼。四十如云秋水冷，飘浮，莫问来年可一游。

多酌岂豪酬，眷顾初心共漏舟。天命难平江月浅，潜羞，斑竹无端又碰头。

2018 年 10 月 14 日　晚　长沙

踏莎行·落帆

冉冉青帆，盈盈秋水。长风一日三千里。彤云伴我远山红，白霜问汝高川紫。

去年青丝，今秋虚比。韶华随雾空流徙。乾坤轮转一天星，棋盘舍得几多子。

2018 年 10 月 22 日　武汉

相见欢·海天路

倚栏帆月离鸿，蜃楼空。梦绕浮云穿越万千重。

海天路，飞花误，百年功。相送一泓春水向江东。

2018年11月27日 关山

鹧鸪天·重阳怀菊

扑鼻香飘重九迷，
秋霜凋落杨柳堤。
长安谁系黄金甲，
寒夜伊倾天凤闱。
风飒飒，雨凄凄，
繁华若梦恐鸡啼。
看狼虎谷漫山菊，
此地缘何埋大齐[①]。

2018年10月17日 重阳 武汉

注：
① 指黄巢起义建立大齐，后失败黄巢死于狼虎谷。

临江仙·霜降

千里萧条叹落叶，冷了多少韶光。豺狼祭兽拜天殇。虫鱼长睡去，花草尔收藏。

一枕月帆沉水底，流莺不恋红妆。凝望危峦菊正黄。昨天春好少，今见满头霜。

2018年10月23日 霜降 武汉

雨霖铃·春暮

春江歌舞，梦犹凭栏、偶听箫鼓。荒芜放牧寻鸟，蛙鸣数语，芳衣几缕。远眺长亭、旧伴别过客迁苦。雁楚楚、千里黄云，此去迢迢泣风雨。

漫天落蕊牵青树。送君归、逝水韶光暮。翌年蝶步河山，栽柳处，断舟渔父。野草繁华，莫问枯荣少壮男女。欲直上、九翼风筝，逐与云为伍。

2019年4月1日 武汉

(三) 词

破阵子·五更

窗外街灯凝雾，眼前屏影流莺。残叶轻敲闻鸟语，冷月重回忆鹊鸣。寒江潮未平。

谁道苍生原罪，我言长路僧行。八万里程乘苦雨，六十年轮思败荣。梦游至五更。

2018年11月16日 关山

谢池春·地荒天苦

凋落春花，步入一帘柔雨。剪朝云、轻扶柳舞。荷萍飘岸，欲攀缘青树。笑东风、不鸣箫鼓。

江河依旧，少小韶华金缕。奈霜冰、寒凝雁羽。浮生如梦，趁当年戈斧。断红尘、地荒天苦。

2018年11月28日 关山

满江红·大雪

岭野寒风，天地转、时令大雪。望空漠、重云漫雾，雨凝刀切。万丈红尘湮黑鬓，千寻黄土埋蓝月。驾漏舟、直往彼仙居，裁春谲。

去来路，真似铁；青少梦，从不绝。执长戈刺破，此三生碣。大爱慈航冬日晓，多情善渡渔歌澈。化冰川、暖润好神州，平凉热。

2018年12月8日 武汉

水调歌头·不见少年月

不见少年月，煮酒酹冰河。青枝橄榄犹艳，却咏白头歌。翌日乘风万里，寻遍仙山玉宇。俯首叩弥陀。伐斧依然在，何处觅嫦娥。

驭云翼，划石舫，数韬戈。红尘有爱，人道好汉命多磨。身比秋风草芥，心似春霖木叶。几度润荒坡。岁岁真如梦，回首恨蹉跎。

2018年12月21日 武汉

渔家傲·梦雪

依旧骄阳波冷澈,午嚣雾起温馨别,何事夜阑寻梦雪。飘颜悦,呢喃星语望天说。

漫步桥廊枯柳折,水凝月影几圆缺,尘世若如寒酷节。修身铁,凤凰浴火皆人杰。

2018 年 11 月 23 日　武汉

青玉案·渺渺天涯路

重云又顾漫江雾。自黯淡望垂暮,一缕星光谁顿悟。孤帆浪影,桂华冰露,梅竹空屏误。

流年飒飒追惊兔。穿越关山总无数。何故霁霞难巧遇。一帘烟雨,百寻枯树,渺渺天涯路。

2018 年 12 月 4 日　武汉

念奴娇·渡口

风回柳渡,逐波澜、遥落涛声难断。翌日轻舟归泊处,雨雪霏霏参半。垂叶柔条,红衣绿袖,此景不堪看。望尽帆影,更寻曾游同伴。

偶忆青少韶光,新春初放,始觉芳华璨。健步流星回转侧,闪烁灵眸如电。神飞惊鸿,天铺霞霁,对对南来雁。缘生缘灭,方舟谁渡高岸。

2018 年 12 月 28 日　武汉

桂枝香·望江怀古

江流浩浩。数一枕寒波,冰心相抱。汉河弯延如壑,掠澜漫道。南来斑竹潇湘水,叠丹云月馨轻棹。去年红雪,兰舟帆动,绿芙秋晓。

忆太白江城懊恼。上黄鹤楼头,清风飘渺。苏轼登高独立,抚栏观眺。古今多少英雄泪,煮天杯青酒霜稻。暮朝歌舞,问谁能守,破袍颠倒。

2019 年 1 月 17 日　武汉

江城子·冰雨

严寒冰雨冷如霜,踏沧浪,隐岚岗。凋落芳华,万里尽苍凉。因步当年江畔月,乘木筏,倚垂杨。

破袍换酒亦豪强,水潋滟,雾轻狂。梦呓江南,柳絮杏花香。际会何怜须发雪,挥紫剑,破天荒。

2018 年 12 月 7 日 武汉

蝶恋花·枯蝶

已近暮秋霜袅袅。凋落芳华,难觅青青草。梵玉何曾供祭庙,冰川冷雪招魂渺。

犹忆春花漫窈窕。杏雨飘香,醉客知多少。长恨韶光归去早,翌年晓月吾身老。

2018 年 10 月 26 日 武汉

水龙吟·柳岸

兰舟柳岸重游,几多传说江南好?垂杨吐絮,芦花满地,轻抚绿稻。踏露朝晖,撷梅夏雨,寂寥芳草。忆弄潮年少,往来宁静,云飘落,呼鱼鹞。

寻爱波澜依旧,任风吹听涛青鸟。流年追梦,韶光易逝,躬勤春早。华发凌霜,红衣披雪,夕阳残照。欲回头、再走天涯路,岂他人笑。

2019 年 1 月 23 日 武汉

石州慢·望朝阳光烈

阴雾连天,地延无日,海吞星月。枯柳又绿犹寒,嫩杏欲芳还灭。孤帆彼岸,半湖烟雨迷蒙,波涛轻拍春声噎。淅沥拂眸来,忆韶华香雪。

君曰。繁花如梦,往事千年,笙歌三阕。独抱仙姝,补漏苍穹残缺。方舟何处,任凭漂泊依然,神游倚剑冰河绝。万里赴关山,望朝阳光烈。

2019 年 3 月 1 日 关山

永遇乐·正定春秋

正定春秋，夏风拂面，赤旗犹热。绿野芳菲，笙花开在，故旧庄欢悦。洪荒沉寂，至穷贫弱，改革首创传说。翻天地，城郊滩半，滹沱水滋生物。

黄昏潸潸，夜游城上，最是街灯晶雪。四十年华，时轮正好，中国梦浓烈。流星前行，千山万壑，跨步自由超越。问天下，谁能剑指？再开日月！

2019年7月9日　正定

沁园春·暗香盈秀

四月春江，遗梦苏堤，落日暗香。看青峰隐翼，欲飞幽静；绿萍展袂，思慕潜藏。盈秀韶华，抚琴豆蔻，暮霭为伊送晚妆。问归雁，越吴山楚水，偏逢萧郎。

不知来去多长，謦笑语诗笺慰暖凉。数流星追月，凝眸道庙；霁波拂柳，画黛僧廊。一朵芳菲，绝娇百合，自古英豪爱粉装。望彼岸，驭冰帆雪舫，再渡沧桑。

2019年7月16日　武汉

太清引·晴空骤暗

晴空骤暗涌烟波，云黑影婆娑。秋后岂阴凉，应夏梦高潮又多。

偏闻雷闷，昏天暗地，谁待雨滂沱？紊乱若心魔，忽变脸诸君奈何！

2021年8月19日　下午

贺新郎·风雨江南岸

风雨江南岸。放双眸莺翔草绿，彩云纷乱。记否苏杭西湖上，野舫桃花璀璨。歌且舞杯中斟满。欲往波澜观潮去，又惊忧春水溅红伞。牵玉手，戏鱼转。

几回梦里重相看。断桥边许郎未见，白蛇渐远。无奈雪冰铺尘路，归客迷留柳畔。问大雁匆匆何眷？谁笑平生勤攀折，咒光阴世事皆多变。今夜月，却知倦。

2019年7月17日 武汉

摸鱼儿·夏天正暑

赤炎魔夏天正暑，骄阳焚月如煮。飞鹰送我凌霄殿，且待鹊桥仙女。云楚楚！杨柳岸邀谁酣醉流星雨。波澜不惧。顾浪影深沉，孤帆远去，翌日问渔父。

时令灼，榴叶蝗焦炽举。荔枝萤曳燃炬。苍茫空对虹霓落，梦呓蝶儿歌舞。曾若蛊。尊圣箴人间处处皆辛苦。闲庭信步。暮往木廊西，残霞犹烈，红萼绕芳渡。

2019年7月23日 大暑 武汉

六州歌头·杨桥玫瑰园

玫瑰冶艳，碧水绕杨桥①。香谷路，芳菲堤，赞多娇。热风飘。幕阜逶迤来，东方远，苍天近，大冶好，宫台里，自妖娆。源系金牛，吮茗山醇韵，偏爱红苕②。泛西洪舟上③，库水冷缠腰。不尽逍遥。暮云烧。

挚苏郎笔，武昌府，铜绿矿，老杨桥。莲荷地，书声壮，栋梁骄。止斋豪④。何处英雄在？风追日，雨高潮。文靖国，武安邦，是今朝。煎熬桃花茶圣⑤，玫瑰放、牧马潇潇⑥。记耕耘万代，眼下尽花夭。欲食妙招？

2019年7月24日 下午撰词

注：

① 指湖北大冶市茗山乡杨桥玫瑰园，亦称茗山楚天香谷。

② 茗山系幕阜山尾脉；金牛位于杨桥水库之上；宫台里是古地名。

③ 西洪村在杨桥水库岸边。

④⑤ 苏轼曾往茗山盛赞桃花茶醇；宋代大儒万止斋曾在宫台里办学；铜绿山系中国古冶炼遗址，属武昌府管辖。

⑥ 牧马港是杨桥港一段，古称"雨打莲花"风水宝地。

采桑子·末夏（二首）

一

无言末夏骄阳好，天地燃红，江海焚蒙，日落垂杨沸热风。

黄昏欲尽归鸿去，蝉噪星空，云唤萤桄，几处莺啼晓月中。

二

最为年少轻舟好，雾霭殷红，水岸溟蒙，直放蜻蜓逐晚风。

纵然天暮无归去，榴熟荷空，雁别鹰桄，又见霜花残月中。

2019年8月1日　武汉

菩萨蛮·寻幽独步

寻幽独步云如席，夕阳归去西天赤。流水抚古琴，高山绝妙音。

初心童子恣，花草牵牛季。黄鹤欲回望，落霞大漠殇。

2019年8月2日　武汉

忆江南·夏韵（二首）

一

寻夏韵，隔岸嗅鸣蝉。蝴蝶秋千飞彩翼，蜻蜓春梦越雕栏。何日再回还？

二

蓝月夜，平地卷波澜。一寸斜阳湮海底，半天星雨溯河源。魂断鹊桥湾。

2019年8月7日　武汉

卜算子·秋

灼热盼凉秋，澄澈冰河口。黄橘山南拾海棠，莫折洋澜柳。

再见菊飘香，怡若春芳秀。应把青梅共煮熬，捧杏花浇酒。

2019年8月8日　立秋

浣溪沙·七月流萤
（二首）

一

七月流萤草木萋，
八千南雁逐云霓，
秋来冷雨觅归期。

柳岸渔舟单向北，
秦时汉水复回西？
冰河磐石已成泥。

二

绿袖韶华恨已低，
醒来白发与天齐，
不如长夜伴莺啼。

落叶赋诗江夏北，
玉颜拟画楚楼西，
凭风欲上百层梯。

2019 年 8 月 3 日 武汉

减字木兰花·秋风归鸿

秋风渐近，依旧炙蒸残暑闷。
日暮长堤，一缕波光斜照西。

归鸿犹在，伊送南飞初羽改。
明月高楼，独驾孤帆星梦游。

2019 年 8 月 13 日 武汉

谢池春·一季花开

一季花开，应惜经年生长。雪如林，弥漫激飑。春风冰雨，吊梅桃回葬。夏炎阳、晚秋收藏。

平凡结果，路上行人偏讲。幸朱颜，芳魂渗荡。红樱姿黛，岂柔情分享？叩青葱、少华空港。

2019 年 8 月 26 日 武汉

忆秦娥·安心

安心偈,江南七彩芳菲蝶。芳菲蝶,春风露翼,寂秋奔月。

闲愁恨水巫山碣,杏花暮雨空尘帖。空尘帖,萍踪遗梦,锦衣飘雪。

2019 年 8 月 14 日　武汉

浪淘沙令·大好江山

残月半弦弯,隔岸鸣蝉。转凉季节却炎顽。直驭偏舟荒泽绕,梦入秋原。

夜色醉波欢,独抚雕栏。满天星斗聚峰巅。翌日哀鸿归泊处,大好江山。

2019 年 8 月 21 日　武汉

西江月·岁月如琴

岁月如琴抚柳,波澜若鼓调弦。初来怕问在何年,身外彩云几片。

天客高楼渺渺,狱囚低谷河川。犹怜雪落断桥边,遗梦江南不见。

2019 年 8 月 20 日　武汉

蝶恋花·碧水长流

碧水长流沿古道。万里洪波,去把嫦娥泡。黄鹤翱翔巫峡晓。翌年归返吾身老。

自信平生华发少。大梦初酣,谁在阶前笑?记否孩提栽绿稻。收成仅获荒凉草。

2019 年 8 月 22 日　武汉

渔家傲·当日秋风

　　当日秋风漫冷雨,长车夜行穿孤旅。隔岸红衣凝雪舞。痴或蛊,狂驰千里安知苦。

　　谁种海棠香陌户,蓝星照月芳菲树。采菊东篱飞玉女。传金缕,晓窗淡雾连湘楚。

2019 年 8 月 24 日　武汉

江城子·中秋过罢

　　中秋过罢可添裳。漏裙妆,谨收藏。灼烈几番,转眼作残阳。岭上飞鸿追暖月,南国远,越苍茫。

　　明年归返好春光。杏花浪,粉桃香。携手朝欢,一路慕鸳鸯。祈祷老天烧冷雪,怨恨舍,热情长。

2019 年 9 月 19 日　武汉

青玉案·西湖柳

　　清波轻曳西湖柳,月轮转红酥手。风撷桃花香玉藕。晓窗箫咽,玲珑霞透,欲雨君知否?

　　兰舟彼岸春依旧,逝水韶华枉消瘦。屈指关山三碗酒。双星汾梦,半杯沙漏,相守西湖柳。

2019 年 8 月 28 日　武汉

青玉案·澄澜碧桂秋波舞

　　澄澜碧桂秋波舞,送暑去炎阳炷。欲借吴刚摧月斧。天河沽渴,荒原燃毳,犹悯嫦娥苦。

　　悠悠野岸芳菲浦,冷影穿窗照青树。夜雨归帆谁梦语?玉龙南指,凤凰东渡,雪拥冰川女。

2019 年 9 月 25 日　武汉

渔家傲·冷雨秋风

冷雨秋风摧朽木,满天落叶漫尘屋。雁往南飞望紫菊。云涌瀑,梦幽西岭芳菲竹。

七月流萤飘灼谷,残阳日暮燃庵烛。静待时回澄水沐。君所欲,仙姑束发思还俗。

2019 年 10 月 6 日　武汉

水调歌头·喜欢

秋水东流浅,安可复西回。琼楼竟入重九,欲上与天齐。我自火山垂钓,赤焰川成冰壑,圣手拥神龟。渺渺星河岸,碧草玉如堆。

雾月少,鸿雁远,倦娥眉。心生春树,花艳一朵两行诗。绮梦红衣舞雪,曼秀绿裙拂露,凝噎问芳菲。满满喜欢你,百岁彩云归。

2019 年 11 月 4 日　武汉

卜算子·梅花

独立楚江东,清静云如海。百卉凋零向北风,俱寂平三界。

翌日雪纷飞,窗外群芳败。幸得梅花独舞妍,笑抚春山黛。

2020 年 1 月 13 日　武汉

浪淘沙令·大雨

大雨覆重霄,天地飘飘。潇潇洒洒尔逍遥。洪涌横流愁看海,谁惹魔妖。

龙恼出昏招,藐我勋尧。哪吒奉旨混天操。扭转乾坤风火起,汝等弯腰。

2020 年 7 月 6 日　小暑

（三）词

西江月·苦雨

昼夜渲淫苦雨，平川浪倦河渠。阶前老媪拭浑波，耄耋街心捉鱼。

旧日骄阳有恙，今朝漏屋无居。梦回蜀地灌都江，乐在野山骑驴。

2020 年 7 月 7 日 大雨

醉花阴·梅雨浑然

梅雨浑然漫夜酒，直向天开口。醉卧柳垂青浩瀚江湖，漏舸谁相守？

独上苍茫挥素手，出指圈星斗。莫道大洋柔，袅娜琼楼，转瞬湮神兽。

2020 年 7 月 15 日 晨

太清引·人间六月

人间六月极妍华，忍顾夕阳斜。漫野水横沙，红衣脱莺飞灼涯。

青山未老，垂杨叶阔，暮霭草栖蟆。云近覆袈裟，霜帆落凝眸断花。

2020 年 7 月 24 日 晨

临江仙·潮起洪荒

潮起洪荒湮畎壑，层云漫溢关山。江花皎月失芳颜。青帆随鹤远，此去弗归还。

浊酒总为孤客冷，金盅碰遍雕栏。回眸醉看夜阑珊。镜花留不得，独卧半身闲。

2020 年 7 月 26 日 晨

南乡子·骄阳

　　久雨盼骄阳，灼灼生辉照荷塘。点水蜻蜓裁湿翼，梳妆。莲子青衣觅菡香。

　　转眼夏弥藏，七月流星馈暖裳。彩蝶纷飞嗟暮色，寒霜。咫尺天涯是故乡。

2020 年 7 月 30 日　晨

渔家傲·秋光

　　未觉凉风滋柳悦，炎阳依旧随身贴。日暮长堤追舞蝶。蝉鸣噎，月光澹澹飘蓝雪。

　　淫雨煎熬连七月，转头对日焚心诀。流火鹊桥尤恐别。冰河碣，千山独步湮红叶。

2020 年 8 月 7 日　立秋

虞美人·骄阳不觉秋风近

　　骄阳不觉秋风近，抱火焚天吻。江湖横溢转头干，兰舸骤停浅水拍栏杆。

　　榴红已断蝴虹梦，静待冰霜冻。蓦然春暖花开时，南岸一行归雁夜来迟。

2020 年 8 月 5 日　晨

蝶恋花·小蜻蜓

　　夏雨蜻蜓生衍小。雁欲南飞，蝉闹秋林燥。别去洪波何渺渺，纸船难载昙花俏。

　　莫道骄阳依旧暴。热煞凡夫，尔向黄昏笑。一缕残霞橙翼燎，蓬山酬梦身先老。

2020 年 8 月 19 日　晨

（三）词

如梦令·夜雨

莺翼翻飞醒梦，彩蝶神游放纵。听夜雨敲窗，疑似鱼龙潮动。怪惚，怪惚，早起雨开云洞。

2020 年 8 月 10 日　晨

雨霖铃·深秋寒雨

深秋寒雨。冷风西来，踯躅江楚。东方雁去漂泊，残虹落暮，遥怜鸥语。举首凝望，暗月却不照村树。乐洒洒菱艳笙歌，夜醉琼楼汉家女。

红尘一梦红衣舞，莫回头破袖应归古。翌年水复山远，帆下处火漫金釜。试问童颜，话说书虚路漏皆苦。若再走大道通天，断万丝千缕。

2020 年 10 月 15 日　关山

唐多令·潮夏

潮夏雨悠悠。重云滞高楼。六十春、犹梦篷舟。雾月半弯江浦上，帆载走、旧时秋。

携手少年游。昙花拂野幽。舞且歌、忘却离愁。忽见戏裙殷艳艳，洪涛起、数沉浮。

2021 年 7 月 2 日　关山

临江仙·十载秋风

十载秋风吹梦惚，江城欲舞红衣。流星生翼直南飞。相看青荔叶，天命赋花姿。

万里飘云任展屈，伊怨水隔山离。依稀霜重寂寥时。独漫杨柳岸，寒雪共徘徊。

2021 年 8 月 17 日　午

鹧鸪天·踽步穷秋

踽步穷秋叶草黄，
梦回南雁追斜阳。
夜阑风溃音颜断，
犹似晴瞳飘冷霜。

心欲黯，影苍苍。
可怜十载好红装。
疑怨空色乌虫乱，
明日天涯任独航。

  2021 年 8 月 29 日 武汉

(四)古风

碧波随想

潇潇碧波居，
暮暮观涛头。
丹霞送流水，
离雁别琼楼。
冷雨千秋雪，
孤云万里愁。
心随南飞雁，
红衣醉双眸。

2011年8月27日 武汉东湖

巡司河近赋

芒种无农活，
偶近巡司河。
乱柳拂浅岸，
浊流催清荷。
灰鸟三四声，
绿蒲一两陀。
堂皇大学府，
混沌伴蹉跎。

2015年6月6日 巡司河

游岳麓书院

未见菊花开，
秋雨送君来。
岳麓展奇秀，
唯楚出俊才。
夜闻读书声，
朝起上楼台。
湘江一壶酒，
犹醉几徘徊。

2011年10月2日 长沙

秋深夜韵

别院秋深草木凋，
流光冷面抚白头。
高处桂华晚凝雪，
远岸波帆晓离愁。
闲放金刀下东海，
更召霁月上西楼。
莫笑吴郎执烂柯，
五千年前曾封侯。

2015年10月11日 夜

（四）古风

秋吟即赋

寒雾连天秋叶黄，
远岸谁寄锦瑟装？
一酌风尘绕旧梦，
九色泥沙埋他乡。
朝煮湖东碧螺水，
夜饮江南稻花香。
若问翌年花开处，
且待舞雪满沧桑。

2015 年 10 月 31 日 关山

夏日即景

大雨骤然入琼楼，
岸柳凋落泛涛头。
连天浊风催老树，
遍地洪波起高潮。
江花有馨龟蛇动，
斑竹无泪潇湘流。
又到端午龙舟漏，
屈子杯酒释千愁。

2016 年 6 月 6 日 晨

晨 赋

寒风昨夜树，
枯叶凋碧池。
苍茫不飞雪，
伊人何赋诗。
缤纷若花雨，
梦呓在此时。
且待红日升，
鸿雁报春知。

2016 年 1 月 31 日 故乡

暴雨咏叹

夏雨连天上高楼，
冷却骄阳昨日愁。
江城今朝可看海，
蓦然泛舟笑涛头。
谁信东流不向西，
大江何须筑长堤。
潇湘西湖连成片，
相望海鸥日夜啼。

2016 年 6 月 19 日 傍晚 关山

云晏诗社

云拥苍龙日正升,
晏煮瀚海月转轮。
诗承圣贤千秋梦,
社联天地万家春。

2016 年 6 月 20 日

再游红安

一杆红旗一面锣,
铜锣敲响震八方。
镰刀斧头动天地,
庄汉村姑举矛枪。
一十四万英雄血[①],
三百六五日月殇。
仰望赤色耀中华,
时空轮回几沧桑。

2015 年 7 月 29 日 红安

注:
① 指革命战争时期红安牺牲的 14 万革命先烈。

正夏歌(三首)

一

青鸟啼破月中天,
半缕晓光入枕眠。
浮生百岁缘幽梦,
长风一酌化云烟。

二

尘路难行若临渊,
心存春色润大川。
赤日渔火煎道骨,
皓月流萤照青莲。

三

连日苦雨上峰巅,
何处弹奏无忧弦。
凤凰梵香心成灰,
悠然珠槃悟参禅。

2016 年 6 月 23 日 关山

因感洪荒

久困风雨身自狂,
烟波渺渺去潇湘。
断梦坠入云梦泽,
残花散落梅花岗。
万惧终极惧天遣,
百怨超结怨洪荒。
天若有情天亦老,
国如无忧国必殇。
不计冷雨湿衣裳,
何求浮云谱华章。
关山万里任漂移,
有情人处是故乡。

2016年7月25日 关山

咏宝塔山

吟唱唐宋千古塔,
延河滔滔烟雨花。
生生不息皇天土,
浩浩华夏处处家。

2016年8月21日 延安宝塔山

夏 韵

迟日酹烟渚,
垂柳挽清荷。
媚波谲天阙,
霓韵舒云河。
淖汀花蕊净,
雅漾月弦和。
远行寄秋雁,
梵梦叩弥陀。

2016年7月26日 晨

晨 赋

聊将柳絮画斜阳,
不见浮云穿晓光。
一泓碧涛凝脂婧,
万朵清荷释菡香。
鱼翔逝水千帆恨,
雁骞关山万壑苍。
由来秋波春衫短,
酹酒还湖祭风霜。

2016年8月4日 晨

明　月

凌虚绮圣境，
天涯无故人。
吴江挂云帆，
楚河织绸巾。
滟滟飞五岳，
渺渺越九宸。
剑魄巡紫霄，
琴心照红唇。
朝呼晓晖冷，
暮唤老酒醇。
兹去沧海远，
蜉蝣自转轮。

2016 年 8 月 6 日　晨　关山

枣园行

秋来枣园菊正黄，
欲摘青果醉酒香。
当年红旗卷西风，
天地翻覆话沧桑。

2016 年 8 月 21 日　延安枣园

秋　声

秋声一缕夜临窗，
柳月离岸菊草黄。
未识春风绿碧野，
可怜夏雨燃高塘。
闻蝉惊蜕追蛙啸，
望雁恐老蠹凤翔。
自在红叶舞天暮，
呓语欲雪话海棠。

2016 年 8 月 7 日　立秋　关山

秋　怀

圆月隐霄汉，
秋景上城东。
西塞飞白鹭，
磁湖漂渔翁。
吴王剑贯日，
苏郎笔招风。
闲愁少年时，
回首万事空。

2016 年 8 月 17 日　黄石

七夕之恋

迢迢望星汉,
流花凿晓光。
云送冰河客,
雨沐石器郎。
横笛上蓬莱,
弯月下潇湘。
朝露泛春潮,
暮霭照鸳鸯。
梦断千山雪,
愁尽五湖霜。
日日长相忆,
今夜更断肠。

2016年8月9日 七夕

生死谶

自古英雄路,
天地胆气豪。
取义赴炼狱,
成仁陷监牢。
圣命重泰山,
卑身轻鸿毛。
回望延河水,
日夜正滔滔。

2016年8月22日 延安

炎秋咏

炎炎秋梦夜无常,
何事闲愁待风凉。
怅望天空一轮火,
犹叹酷夏度回廊。
半江秋水入苍茫,
流向东海不思量。
剪片红霞驾神翼,
摘朵白云换霓裳。

2016年8月31日 晨

清 凉

朗朗秋风过横墙,
飒飒黄叶犹清凉。
假如飘到蓬莱阁,
却疑吴楚是天堂。
天地生成君若何,
红衣脱去欲断肠。
自在舞雪关山月,
一寸芳草作霓裳。

2016年9月2日 关山

忆杭州

长忆杭州月,
西湖复秋霜。
扬州歌舞地,
烟花温柔乡。
吴越脍亘古,
灵隐慑钱塘。
北去运河岸,
南归到余杭。
丝绸浦玉露,
茗茶溢金香。
遥望雷峰塔,
梦呓回天堂。

2016 年 9 月 6 日 晨

秋　蝶

清风绕画梁,
攸攸到钱塘。
观潮曾空巷,
望月却半殇。
红蕖泛魅影,
紫菊透幽香。
青山不留客,
蝶梦埋秋霜。

2016 年 9 月 12 日 晨

秋　望

凌鸞望秋景,
长天万里云。
氤氲黄丝带,
娉婷紫罗裙。
菊露试萧飒,
霜花欲熇焚。
神农巡九州,
几家作耕耘。

2016 年 9 月 24 日 关山

秋爽咏

昨晚听秋雨,
风爽越高墙。
晨露自清澄,
夜雾渐泛黄。
少小红衣短,
老大白发长。
桂华望雪雁,
仙鹤送霓裳。

2016 年 9 月 30 日 武汉

(四) 古风

欲雨秋晨

茫茫天涯欲雨时，
别院秋深蝶梦迟。
倚栏忽闻荒犬吠，
隔窗偶见鹋鸟嗤。
远岸白帆隐雪海，
重峦红叶蓊霜池。
聊寄闲云托鸿雁，
一酌晨露染青丝。

2016 年 10 月 7 日　晨

龙华寺感赋

茗山佛光照高丘，
杨桥远望碧水流。
幕阜透迤龙云生，
天台灵秀凤凰游。
世态在下浮尘阁，
人间唯上凌霄楼。
渐入重峦洪化地，
铭记宗空释禅愁。

2016 年 10 月 16 日　大冶茗山

关山谣

由来关山作梦游，
安知何日别楚囚。
折桂未觉残月冷，
凌波始悟孤星愁。
长亭倚栏数春色，
闲夜秉笔剪秋眸。
远岸风送故人远，
流花雨浥逝水流。
鸿雁若去大雁塔，
云鹤不归黄鹤楼。
纵然霓虹满天飞，
荼蘼艳处问何求。

2016 年 10 月 19 日　关山

明　灯

楚茗百尺小蛮童，
自在尘缘风雨中。
修身孺子附骥力，
穷理须眉伏虎功。
华发何谓青山老，
禅心不悔红云空。
远岸明灯照霄汉，

可遇江湖垂鳌翁。

2016 年 10 月 25 日　关山

晚秋辞

暮色飘雨丝，
倚栏晚秋时。
浮生作浮云，
秋千荡秋枝。
萋萋听鹦鹉，
滔滔唤鸬鹚。
神女闻馨梦，
巫山起雄姿。
斑竹冰成水，
湘妃泪凝脂。
故国吴楚地，
归去日迟迟。

2016 年 10 月 31 日　晨

凡鸟游

平生非帝都，
屈作凡鸟游。
红尘逐锦帆，
黄沙埋孤舟。

童心四海雁，
圣念五湖牛。
长歌舞雪剑，
短曲挥霜矛。
梦断楚江春，
情结吴山秋。
凌虚俯河汉，
羾翼别豪酋。

2016 年 11 月 10 日　关山

话霜冬

青薄冰为裳，
临湖赏寒霜。
轻波舞旌旗，
浮云逐流光。
白雾悠悠起，
黄尘渺渺藏。
孤帆追鸿雁，
幽兰困鸳鸯。
日升霞璀璨，
月隐星苍茫。
秋风一别后，
何处觅春芳。

2016 年 12 月 6 日　关山

(四)古风

冬之初语

莫言冬日天无馨,
凋落物语苦寒亭。
翌年谁得芳菲妍,
昨夜伊见杨柳青。
一寸光阴赋沙汀,
两岸花草逐浮萍。
直驾兰舟向东海,
遨游苍茫数流星。

2016年11月19日 关山

冬日偶咏

寒风凌云树,
归雁恨别秋。
岸柳浮浪转,
沙鸥逐波流。
青山为谁老,
白发问余愁。
何悔冰成水,
梅花送晚舟。

2016年11月28日 晨

感赋茗山少年时

——近几日同学们讨论"茗山高中精神",众放情痴,其韬切切。因感赋诗寄怀。

朝气已非暮霭慈,
且放华发吊春丝。
吴歌不弃楚河舞,
茗山依旧少年时。
堪叹精苦砺奇志,
犹记刚毅铸娥眉。
人间尚存求真路,
躬身自强好男儿。
白日登高宜望远,
寒夜居陋不怀悲。
何谓特别千般累,
凌虚星岸挥大旗。

2016年12月16日 晨

贺回忆录首发

百尺茗峰少年游,
万丈鬓丝终不休。
初心何惧升千仞,
笑谈鸿蒙开九州。

几回花放忘何求，
半弯皎月话沉浮。
自古英雄三杯酒，
遥寄海鸥骛远谋。

2016 年 12 月 22 日　关山

天命词

大地叹无缘，
红尘若临渊。
有心履圣命，
无力补苍天。
弱冠^①存远志，
大衍^②正当年。
风云舞皓翼，
期颐^③至蓬仙。

2016 年 12 月 23 日　关山

注：
① 指 20 岁。
② 指 50 岁。
③ 指 100 岁。

日升之谶

遥寄晓日枯柳垂，
东方紫气展霜眉。
荒原苍鹰舞金戈，
大漠孤雁逐铁骑。
青灯悟道月牙冷，
暮鼓梵禅箫声悲。
若如蜉蝣穿梦魇，
重云薄雾显灵龟。

2016 年 12 月 28 日　关山

咏冬晨

晨风依然雾霾多，
凌澜深处没青荷。
莫道隆冬蔽晴日，
豪放朝晖暖冰螺。
犹记五月漫洪波，
榴花照眼耀星河。
如梦韶光若重来，
花样年华不蹉跎。

2017 年 1 月 15 日　晨

独尊偶悟

吴楚山形胜,
荒峦隐蓬莱。
女娲补天土,
生娘送子才。
梵刹高僧悟,
慧藏妙偈哀。
偏漫独尊处,
乃见仙客来。

2017年1月23日 独尊山

师　怀
——敬颂黄高平老师

匆匆四十年,
浮尘流水巅。
君泽滋沧海,
训诲弥云天。
鸿鬻黄鹤翼,
源饮茗峰渊。
何以谢轮回,
终学报师恩。

2017年2月1日 晚

夜雨巡湖

独步桥廊春波柔,
寒烟袅袅隐枯眸。
两岸灯火照空阁,
一湖风雨送孤舟。
年年春色嫩絮抽,
款款黄莺痴梦游。
半弯彤月眠碧水,
不染江湖济芳洲。

2017年2月8日 晨

暮柳咏月

凛然夜风逐波流,
垂怜青柳望星游。
月欲满轮为谁妍,
芦草深处觅仙舟。
半湖烟涛无尽愁,
两岸过客皆老囚。
何当圆月照春水,
太白醉卧黄鹤楼。

2017年2月8日 晚

元宵偶咏

今逢元宵节,
碧波咏梅妍。
云淡春水暖,
荷深冰凌渊。
冷树绽黄芽,
雏鸟鸣橙烟。
笑问岸边人,
焰火奈何天。

2017年2月11日 元宵节

贺茗山书院词

茗山承泽幕阜宗,
犹贺书院春色浓。
龙华云浮佛光顶,
东坡梦遗桃花峰。
浩浩文脉传千古,
殷殷学府垒万重。
纵使海枯波澜尽,
可寄诗书释雍容。

2017年2月24日 晚

崇高250

春雨茗峰月,
碧草接天荒。
红云当年梦,
青山独自芳。
宜聚众豪杰,
必成鼎辉煌。
唯尚二百五,
九派显昭彰。

2017年3月31日

三圣五仙词

——喜闻茗山书院获诸仁人志士捐赠33333元,犹遥星河众仙传圣火,以诗纪之。

流星追月茗峰巅,
梅舞雪香奏凯旋。
因奉先贤创书阁,
原为后学拓桑田。
皇天着意三藏福,
沧海有约五行圆。
从今携手履圣命,
同窗岁岁好少年。

2017年4月1日 晚

若 夏

岸柳垂似钩,
轻拂旧江头。
孤帆水天阔,
浮云沧海流。
暴日蒸沃土,
灼光焚荒丘。
若如酷暑至,
寻梅解闲忧。

2017 年 4 月 23 日 午

夏雨偶题

夏雨夜作江南游,
远岸星帆抵穷秋。
幕阜纵横五百里,
吴楚延绵二十洲。
精浦古今儿女剑,
神赋多少英雄矛。
莫畏秦川巴蜀道,
弄潮沧海泛艨舟。

2017 年 5 月 22 日 晨

风雨楼遥想
——赠大卫君

风横八寨俏,
雨逐三江潮。
桥载故人远,
望月独寂寥。

2017 年 5 月 22 日

少年梦关山

昨夜关山月,
半弯悬梦中。
流星坠彤影,
浮云掠清风。
香粽老韵绿,
鲜花少年红。
依稀留春树,
恍惚别夏翁。
初来波澜静,
兹去物华空。
射日若成谶,
振翼骞天鸿。

2017 年 6 月 1 日 关山

清凉寨感怀

昔闻清凉寨,
方舟过江东。
木兰巾帼瘦①,
双凤理玄空②。
高山觅沧粟,
华语仰元洪③。
凌峰宜望远,
大千亦溟蒙。

2017年5月13日
武汉黄陂清凉寨

注:
① 指木兰故里。大诗人杜牧登木兰山题写千古名句《题木兰庙》:"弯弓征战作男儿,梦里曾经与画眉。几度思归还把酒,拂云堆上祝明妃。"
② 指双凤亭,为纪念北宋著名理学家程颢、程颐,清代所建。坐落在黄陂县城东鲁台山上。
③ 指民国第二任总统黎元洪,曾试图把黄陂话推广为国语。

中夏怀古诗

星移云绕柳月桥,
烟雨江南忆吹箫。
榴花艳处迷望眼,
荷苕静时咏古谣。
昆仑定鼎五千乘,
凤凰兴楚八百夭。
黄鹤夏浅故三国,
铜雀春深锁二乔。
潇湘北流洞庭波,
扬子东去金陵潮。
终恨逝水难成冰,
何日扬帆任逍遥。

2017年6月18日 晨

夏之雨词

狂雨日复夜,
暖风不曾休。
鸟眷柳婷婷,
蝶恋水悠悠。
长堤接江楼,
短棹泛莲舟。
波横星云骤,

(四)古风

浪遏鱼虫游。
城北可观海,
山南自听鸥。
送君西湖上,
许郎为谁愁。

2017 年 7 月 1 日 关山

茅台赤水酒一池。
岁月焉能拾故遗?
城头依旧竖大旗。
无限江山无限梦,
摘片嫩芽好了词。

2017 年 7 月 9 日 遵义—武汉

吊忠魂

遵义光芒在,
赤水通天渠。
身为民之子,
魂亦众相予。
来作火凤凰,
归化金鳌鱼。
生死寻常事,
何求万世书。

2017 年 7 月 7 日
遵义烈士纪念碑

酷雨词

炎夏喜夜雨,
浅流覆沟渠。
敲窗醒好梦,
浸帘湿仙裾。
久别阁盛暑,
长驻岸圬墟。
孙猴倒焰鼎,
白蛇漫洪沮。
后羿九日陨,
大禹三徒舆。
若如连海潮,
生灵或虫鱼。

2017 年 8 月 2 日 晨

别黔词

兹别贵黔欲雨时,
不见骄阳日倦迟。
湄潭非我久留地,

秋　吟

炎阳早入秋，
大江日夜流。
潮平芳菲妍，
天净吴楚愁。
东归觅金蝉，
西望攀高楼。
云鹤骛远方，
鹊桥驭仙舟。

2017 年 8 月 27 日　武汉五峰

咏渔洋关

车往渔洋关，
仙境非人间。
清雅红玉韵，
翠屏绿茗峦。
国富好梦近，
民享福祉还。
翌年若重游，
红旗上天山。

2017 年 8 月 28 日　晚　五峰

感叹王安石《梅花》

墙外一枝梅，
凌虚为谁开。
遥怜天山雪，
缘觅少年来。

2018 年 1 月 15 日　晨

夜雨秋吟

中元夜雨送冥舟，
难诉追思寄乡愁。
两地圆月两地酒，
一寸芳草一寸秋。
吴王歌舞何处在，
楚江波澜几时休。
鹊桥若开彼岸花，
三生石前觅阿牛[①]。

2017 年 9 月 9 日　武汉

注：

[①] 阿牛：指牛郎，七七鹊桥会，传说中牛郎织女的故事。

秋　游

秋游余家头，
正午沐骄阳。
芭蕉抚亭韵，
桂花郁幽香。
彩蝶低枝叶，
灰鸟相鸣翔。
寻梦芳草地，
何堪金菊黄。

2017 年 9 月 9 日　武汉

迟秋吟

漫步江州问夕阳，
遥怜中秋明月光。
几处清波淘碧水，
故守轻寒照晚装。
牧童竹笛叹绕梁，
沧海一杯水凝霜。
篷舟归去芳华尽，
鹦鹉洲头画鸳鸯。

2017 年 9 月 18 日　关山

一叹秋阳

满目霞霁接天荒，
秋江潮平覆苍茫。
东流大海伊无净，
西湮戈壁自相忘。
前路寂入凄凉地，
后尘嚣上歌舞场。
剪片金光作霓衣，
好织春色栖凤凰。

2017 年 9 月 12 日　下午

无题（一）

渺渺轻尘若浮渊，
萧萧风起上九天。
云动黄鹤日边来，
凤舞星河月下旋。
十年叶落豪华尽，
一声鸡鸣破晓眠。
梦里寻常他乡客，
醉倒却闻箫鼓喧。

2010 年 1 月 24 日　关山

无题（二）

静夜观星上瑶津，
闪烁一瞬照寒唇。
寻梅倍觉芳菲冷，
煮酒更嫌玉杯辛。
村姑梦呓红颜老，
牛郎闲话白头贫。
五湖明月今安在，
去问江上打鱼人。

2010 年 1 月 25 日　关山

无题（三）

春风化雨绿枝头，
柳絮飘雪自沉浮。
鸿雁南来送福音，
旭日东升赴琼楼。
君道天命老身累，
华发豪情少年游。
且待风云际会日，
展翅凌霄志可酬。

2010 年 3 月 2 日　关山

无题（四）

一夜风雪难成眠，
春来无花奈何天。
青山隐隐留仙客，
江水悠悠断孤弦。
曾经放歌八千里，
更著锦书十万年。
东方欲晓雄鸡唱，
作伴波涛水云巅。

2010 年 3 月 9 日　关山

无题（五）

孩提山峦乐放牛，
偶读圣贤不肯休。
身居吴楚山河秀，
心存华夏社稷忧。
峰壑磨砺神龙翼，
波澜绘就伏羲谋。
莫畏前路风雨急，
依然春江泛孤舟。

2010 年 3 月 10 日　关山

无题(六)

春雨连江望海潮,
浩浩东流无尽头。
青山不因白发老,
绿水何谓红颜愁。
一夜举杯春风醉,
百年树人旌旗柔。
此日扬帆星河远,
知有几人携手游。

2010 年 3 月 10 日 关山

无题(七)

天连吴楚行路难,
黄鹤楼上独倚栏。
昭君溪梦桃花尽,
湘妃竹影胭脂残。
屈子招魂唱离骚,
越王卧薪挽狂澜。
笑问古今弄潮儿,
几人驭驾正衣冠。

2010 年 3 月 20 日 鄂州

无题(八)

长忆牧童焙花芽,
暖月吹箫释袈裟。
越舞秦淮红袖招,
吴歌子夜青衣遮。
万丈黄尘三杯酒,
千秋大业一壶茶。
百世英雄遗旧梦,
不知飘落在谁家。

2010 年 3 月 20 日 鄂州

无题(九)

往来关山宝弓藏,
翘首日出剑雪霜。
鲲鹏扶摇九万里,
天地轮回一缕香。
未觉少儿春衫短,
已闻秋翁白发长。
归去来兮吾身老,
云端鸿雁不回乡。

2010 年 3 月 22 日 关山

无题（十）

凡生大梦如星光，
漏船载酒泛秋浆。
总因风流入史记，
要为自由赴金汤。
四面笙歌迎雷雨，
万家灯火照洪荒。
天若有情天亦老，
人间正道是沧桑。

2010 年 3 月 22 日 关山

重阳即赋

又是一年秋时长，
人间今喜贺重阳。
光阴荏苒催伊老，
岁月倏忽伴君狂。
垂眸春山牧童子，
皓齿东篱采菊郎。
几多风花漫雪舞，
莫负霁焰暖霓裳。

2017 年 10 月 28 日 晨

天堂寨韵

往岁迟暮梦未还，
江南春尽大别山。
直上刀峰天堂寨，
凌虚杜鹃花自闲。

2018 年 4 月 28 日 天堂寨

暮秋歌

日暮剪穷秋，
落霞天尽头。
离雁别吴楚，
孤帆近江州。
露凝寒霜白，
月绕冷波柔。
经年游子梦，
几处相思楼。
晓鹤驾浮云，
枯柳系篷舟。
欲望江南雪，
再逢塞北鸥。
终恨骄阳远，
偏爱流星幽。
潇潇风雨夜，

难寄千古愁。

2017年11月1日 关山

小雪偶题

往来江天青,
作别海鸥游。
遥看沧桑远,
回望故园忧。
童子慕市井,
秋翁侍耕牛。
霜凌黄叶乱,
雪落绿草愁。
鸿雁追暖日,
浮云送扁舟。
凭风十万里,
送我上琼楼。

2017年11月22日 小雪 关山

雪花物语

天地自无常,
人间散冰霜。
偶发少年狂,
几回雪花香。

此水非春水,
他乡似故乡。
南望彩云路,
孤帆渡寒江。

2018年1月30日 晨

2018狗年贺词

又是金犬唤日年,
岸柳不醒早春眠。
西湖空遗千江水,
东山谁种一方田。
艳阳凝似南唐月,
浮云宛若北宋天。
遥寄神狗返神州,
再创中华为人先。

2018年2月16日 晨

暮春听雨

已是荼蘼春尽之,
夜雨敲窗破晓迟。
山径独步旧花落,
溪畔茕立新叶垂。
倦鸟不吝杜鹃血,

重云可染蝴蝶眉。
一任冷雾湿红衣,
堪忆夏波舞雪时。

2018 年 4 月 12 日 晨 关山

聊寄夏天

聊困夏波云发长,
眉须相约不思量。
纵横水阔三千里,
一竿钓翁话沧桑。

2018 年 6 月 27 日 关山

炎秋之痛

杨柳灼黄柳,
夏阳复秋阳。
心怀白露寒,
身负紫日烫。
神爽怨天短,
体恙恨夜长。
上苍赐神佑,
平安犹繁穰。

2018 年 8 月 14 日 关山

海上人间

——咏鼓浪屿

初来鼓浪屿,
不闻海花香。
白云生远岸,
鸥鸟去他乡。
风送暖气流,
雨落浮沙狂。
沿街飘彩帜,
临水树槟榔。
侧眸紫衣薄,
凝眉青涛泱。
忘却归时路,
恨别少年郎。

2018 年 7 月 7 日 鼓浪屿

潇湘夜话

一杯热酒话相知,
同窗百年共此时。
潇湘夜雨嗟何急,
流向洞庭万首诗。

2018 年 10 月 13 日 夜 长沙

车　途

车往西边行，
秋暝隐阴晴。
雨洒知江静，
风吹听鸟鸣。
远忧巫峰重，
遥感峡溪轻。
云送天涯客，
日出拾丹英。

2018 年 9 月 25 日　武汉—宜昌

忽如夏

午阳竟灼灼，
临空贯长河。
云炽火烧云，
螺沸水煮螺。
日暮叠春韵，
雾晓点秋波。
乍然忽如夏，
童子亦蹉跎。

2019 年 4 月 12 日　晚

再游橘子洲

洞庭连湘水，
秋波橘子洲。
层云若梦静，
细雨似雪柔。
璨璨东篱菊，
悠悠北岸流。
伟人凝眸处，
微澜送莲舟。

2018 年 10 月 14 日　长沙橘子洲

初　夏

春去景犹在，
荼蘼披紫纱。
晓雾忽带雨，
喜鹊偶追鸦。
布谷嫩绿禾，
清溪新醇茶。
晚来初夏凉，
荷月照船家。

2019 年 5 月 6 日　立夏

夏　歌

盛夏喜炎阳，
谁唱骤雨歌。
风掠日月短，
雷撼江湖多。
冰川融碧水，
河谷卷洪波。
霓凌燕子归，
南天又滂沱。

2019 年 7 月 4 日　武汉

白洋淀歌

白洋淀上月，
芦苇荡中花。
水底出雁翎，
岸边伏渔叉。
清荷碧波阔，
彩云轻舟斜。
七月乘风来，
此处是谁家？

2019 年 7 月 13 日　白洋淀

正定词

昔闻滹沱水，
今来常山巡。
百岁帝王乡，
千载子龙身。
春秋生白狄，
雄镇笑红尘。
南接冀省会，
北拱卫京津。
地灵领袖地，
人杰统帅人。
美丽新时代，
太行传精神。

2019 年 7 月 8 日　正定

重访渔洋关

晚风送晚霞，
斜照渔洋关。
漫天云如叶，
夕阳山外山。

2018 年 9 月 27 日
五峰渔洋关王家坪

(四) 古风

游荣国府
——荣国府隆兴寺咏梁思成

多少梦不成,
古今几痴人。
红楼知何处,
风送一缕尘。

2019年7月12日 荣国府

叹梁思成
——荣国府隆兴寺咏梁思成

未曾靖国举红缨,
此系建筑贯丹楹。
谁遍华夏怀古远,
唯有大师梁思成。

2019年7月12日 正定

东山学校即感

曾携少年东山游,
听蛙一声数春秋。
冷雨亭台望飞雁,
湘江潮头送龙舟。

2018年10月15日 湘乡

访曾文正公故居感怀

惯思千载靖轩辕,
力斩天国太平藩。
当年若窃皇宝座,
青史污名该几番。

2018年10月15日
娄底双峰县荷叶镇

秋 意

炎日连天叶渐黄,
街前老树缀晚妆。
浮云为伊燃炬帜,
红月笑我剪斜阳。
十万金帆奔沧海,
八千鸿雁别楚湘。
远眺芦荻隐乌篷,
独倚危楼唱秋霜。

2019年8月19日 武汉

木兰胜天

小雪过后霜叶妍,
楚山横屏入云巅。
正午未接阳光笺,
荒丘且迎雨尘烟。
声色潮起惚百载,
风月波动又一年,
穷涯若如半尺外,
峰峦高处定胜天。

2019 年 11 月 23 日 木兰胜天

问友人

寒暑冰火撞,
沙漏满几缸。
翌日迢迢路,
韶晖犹敲窗。
空对晓岚降,
孤帆影无双。
问君愁何在,
夏雨覆春江。

2020 年 5 月 12 日

寒雨词

寒雨来匆匆,
远山色空蒙。
夜柳迷转月,
孤帆逐飞鸿。
迁客十万里,
浊酒八九盅。
莫笑白发短,
骑牛亦牧童。

2020 年 1 月 10 日 武汉

悼阳春

少年初识梭罗河,
正值秋风扬清波。
桂子山高自凌云,
笑悟人间趣谈多。
而今一别叩弥陀,
纵使天客亦烂柯。
此生万劫难相见,
梦里煮酒醉几何。

2021 年 7 月 5 日 武汉—鄂州

关山月

年年关山月，
凌霄洒紫晖。
清韵追锦帆，
冰心照绮帏。
梦作黄鹤游，
魂逸彩云飞。
翌夜应舞雪，
嫦娥悯红衣。

2021 年 9 月 16 日　武汉

元　日

有霜无雪入新年，
犹恐疫毒若临渊。
几载洁身天蝎倾，
刹那放手地煞颠。
神话纸壶非济世，
呓语泥牛岂耕田。
唯愿鸡鸣吠犬隐，
留得艳阳照江川。

2023 年 1 月 1 日　武汉

元宵吟

旧时元宵兴，
村邻舞龙腾。
夜嚣月满圆，
雾蒙日渐升。
父背攀童稚，
屋檐挂花灯。
爆竹催豪客，
楼台隐情僧。
远行游子眷，
长梦乡愁恒。

今岁又元宵，
华发添几层。
沽酒千杯少，
薄烟半壶凝。
朋聚醉亦醒，
孩放筝如鹰。
悠悠多少事，
滟滟几回矜。
何时再呼风，
狂舟少年乘。

2022 年 2 月 15 日　武汉

青树歌

青青岭上树，
裸首举天矛。
浮云凝冰翼，
倦鸟困霜眸。
抚竹黛眉韵，
听松黄耳柔。
明朝吐嫩芽，
直奔春风头。

2022 年 1 月 14 日　武汉

话中秋

闲看蓬蒿已入秋，
话说蟾宫旧离愁。
攀桂偏逢桂花月，
煮烟缓过烟波楼。
难谢红尘多凡客，
谬传青史少诸侯。
酒冷何求君一醉，
长笑姜尚亦白头。

2022 年 9 月 10 日　中秋

夏夜即赋

冬困初醒已夏天，
又伴知了对月眠。
错过一春好风景，
却省半生赏花钱。

一江春潮自浩然，
几多流星坠枕边。
梦里寻得金银月，
醒时空对艳阳天。

岁月无情千万年，
偶游红尘若云烟。
今夜狂风穿墙过，
一帘江花入荒川。

2015 年 7 月 11 日　关山

银杏谷感叹

百里来寻银杏乡，
时迁霜降叶未黄。
微雨柔条晓谷暖，
冷风荒草半山凉。

2019 年 10 月 26 日　随州

(四)古风

中秋月韵

千里浮云烛光游,
万丈琼楼星影幽。
若如彤月泛碧水,
红遍江南五十州。

一朵霞霁满江流,
半树丹桂耸荒丘。
涛上渔翁撒漏网,
嫦娥飘落鹦鹉洲。

月到中秋应无愁,
作别波澜安能休。
他乡明月枉相忆,
钱塘潮断释金钩。

2015年9月27日 中秋

夜梦即感

韶华岂是读书天,
十个同学九个癫。
窗外风光无限好,
莫须明年恨今年。

2020年12月8日 凌晨

重阳感怀

夜望太白醉几盅,
苏郎气荡大江东。
故国神游明月冷,
家山梦绕野菊空。
曾对潇湘咏斑竹,
可把松梅系乌篷。
远在秋高重九日,
煮酒浅酌夕阳红。

2015年10月21日 关山

贺国庆

岁岁贺佳庆,
国运直冲天。
远航沧桑路,
深潜鱼龙渊。
群英凌霄汉,
精忠报祖先。
百年神州梦,
风雨望狼烟。

2016年10月1日 晨

除夕寄怀

即步牛年六十杯,
遥拜先尊在蓬莱。
梦里常回老屋去,
除夕不见旧楼台。

2021 年 2 月 11 日　武汉

咏银杏谷

朝起冷雾悟痴迷,
千年银杏青鸟啼。
炎帝功高唯荆楚,
浊酒杯轻日向西。

2021 年 10 月 23 日　银杏谷

十二月

霜天十二月,
不见杨柳枝。
鸟归枫林晚,
叶落梅花池。
黄鹤乘云去,
兰舟别岸时。
遥忆江南好,
追梦河东遗。
萋萋芳草地,
隐隐婉约词。
寂静冰河暖,
春风却迷离。

2016 年 12 月 17 日　晨

庆贺词

——祝《茗山文苑》首发

四十年轮无尽期,
杨桥港水漫秋池。
剪接华发泛春波,
同学依旧少年时。
锦绣茗山展雄姿,
凌霄苍茫知安危。
琼楼万丈腾云阁,
学到终老报恩师。

2016 年 12 月 18 日　晨

（四）古风

金鸡唤日

雄鸡一声海天青，
危楼深处独垂冥。
浮云近幕连琼阁，
斜月迟晓挽流星。
满身白雪凝老树，
漫眼黄尘逐轻萍。
遥寄苍茫艳日开，
万朵笙花到门庭。

2017年1月27日 除夕

吴楚偶怀

云横吴楚气雄豪，
竹耸峰谷挚宝刀。
青山不吝怜风月，
碧水无为济弘韬。
寒梅自芳冰雪夜，
暖藤独秀凤凰缫。
迢迢远游若离雁，
煮酒荒漠醉蓬蒿。

2017年1月31日 晨

故园已春风

寒冬意犹在，
新岁乐曈曈。
行车绕淡雾，
归雁越苍穹。
荒丘芳草嫩，
新舍旧客空。
未闻爆竹闹，
故园已春风。

2017年1月28日

春城夏雨

江汉炎夏困，
南来百粤巡。
欲展凌云翼，
就驾摩霄轮。
迟日蓝天丽，
倍忆同窗真。
荔枝正艳时，
风雨满城春。

2017年7月15日 广州

贺元日

未闻爆竹燃阶前,
远岸流云馈彩妍。
晓寒遥寄吉祥鸟,
踏青蹈回韶华年。

2022年1月1日 晨

长安吟

昔往长安来,
追思镐京行。
始皇功一统,
秦俑累九卿。
太白醉酒仙,
少陵游诗英。
牡丹真国色,
武媚自倾城。
长恨歌凝噎,
华清池移盈。
汉唐繁华梦,
雁塔入云生。

2016年8月24日 晚 西安

车往古田

车越重峦半天浑,
始觉烟雨远家门。
赣南飘红旌旗动,
闽西忽赤箫鼓喧。
生为苍黎求生唱,
死捍社稷不死言。
此去古田由何及,
重造华厦千秋魂。

2018年7月2日 武汉—古田

梦九宫

天地煮仙丸,
吴楚悚雄关。
冷雨沐奇秀,
白云织锦斑。
闯王魂蜉蝣,
铜鼓月转弯。
千年寻一梦,
梦回九宫山。

2011年8月21日 九宫山

为张宇韬照片题

才俊岂止童心语,
记否当年举指时。
大梦乾坤数十载,
寥廓江天更待谁!

2022 年 10 月 13 日